Javier Cosnava / Teresa Ortiz-T

YO NO SOY
HÉRCULES POIROT

DRAMATIS PERSONAE

(Alfabético)

-CHRISTIE, Agatha : 35 años. Famosa escritora.

-DARNES, Jacob: 13 años. Hermano de Theo Darnes. Hijo de Miranda Darnes.

-DARNES, Theo : 11 años. Hijo de Miranda Darnes. Hermano de Jacob Darnes.

-DARNES, Miranda: 46 años. Vecina de Polrot. Madre de Theo y Jacob Darnes.

-HOPPER, Bedelia : 33 años. Institutriz de Marcia O'Connor.

-KNOWLES, Raymond : 26 años. Vigilante de la urbanización.

-McTAVISH, Frederick: Inspector jefe de Scotland Yard.

-O'CONNOR, Effie: 55 años. Madre de Marcia O'Connor. Esposa de Shaun O'Connor.

-O'CONNOR, Marcia: 11 años. Hija de Shaun y Effie O'Connor.

-O'CONNOR, Shaun: 60 años. Padre de Marcia O'Connor. Esposo de Effie O'Connor.

-POLROT, Héracles Amadeus: 40 años. Refugiado belga. Su apellido no debe confundirse con Poirot.

-RIDER, Lily: Niña desaparecida hace dos años, cuando ella tenía ocho, casi nueve. Nunca fue hallada. Hija de John y Fiona Rider.

-WEAVER, Claudia: 19 años. Hija de Nathaniel y Margaret Weaver.

-WEAVER, Margaret: 41 años. Madre de Claudia Weaver. Esposa de Nathaniel Weaver.

-WEAVER, Nathaniel: 50 años. Militar retirado. Padre de Claudia Weaver. Esposo de Margaret Weaver.

PRÓLOGO:
EL VERDADERO POIROT

La inspiración de esta novela nace de las pesquisas del oficial británico Michael Clapp.

Michael ha investigado una reunión que tuvo lugar en 1914 en casa de su abuela, Alice Graham Clapp, y donde una joven llamada Agatha Christie conoció a un grupo numeroso de refugiados belgas. Uno de ellos, un gendarme retirado, pudo haber sido el punto de partida para crear años después a Hércules Poirot.

Entonces, si esto fuera cierto, cabe preguntarse... ¿cómo era el verdadero Poirot?

Y esa pregunta condujo a un refugiado belga hasta una urbanización apartada, donde vio la luz la historia que sigue.

LIBRO PRIMERO

1 DE DICIEMBRE DE 1926

(Miércoles: tres días atrás)

CAPÍTULO 0:

Una fría noche de diciembre

Enterré a Charlie una fría noche de diciembre de 1926. Llevé a mi pequeño amigo en brazos hasta el jardín trasero, lo deposité suavemente en el suelo y comencé a cavar.

Fue entonces cuando una voz se elevó en la oscuridad, al otro lado del muro:

— Y ahora, maldita idiota, ¿qué vas a hacer?

Una voz que no parecía humana. Ni de hombre ni de mujer. Ni de niño ni de adulto ni de anciano. Sin edad, sin memoria, solo maldad pura.

— Dime, idiota, ¿qué vas a hacer?

Una voz llena de odio, de locura, dominada por una inmensa perversidad.

La voz de un monstruo.

Una voz que se apagó de pronto, sustituida por la risa infame del que se cree por encima de todo, del bien y del mal, de todos los límites que nos imponemos los seres humanos civilizados.

Seguí cavando. Las lágrimas asomaron a mis ojos. El pequeño Charlie había sido mi amigo durante más de 15 años. Lo añoraría.

— ¿Ha oído eso? —dijo alguien con indudable acento extranjero.

Levanté la cabeza y lo vi caminando junto a la entrada. Los andares afectados, la cabeza en forma de huevo, incluso la sombra de un bigote sobre la comisura de sus labios. ¿Era posible? ¿No estaría soñando?

— ¿Es usted, Poir...? No, no puede ser.

No podía dar crédito a mis ojos. ¿Tenía delante de mí al mismísimo Hércules Poirot? Aquel hombre, fuera quien fuese, era igual al protagonista de las novelas de Agatha Christie. Al menos, tal y como yo lo había imaginado. Había leído sus cuatro primeras novelas con fervor y esperaba ansiosa que se publicase una quinta. Tal vez lo avanzado de la noche o mi estado de ánimo, me hacían ver fantasmas.

Pero el hombrecillo se detuvo, desafiando su condición fantasmagórica, y no pareció reparar en mi comentario. Estaba preocupado por otra cosa. Miraba incesantemente al otro lado del muro, a su derecha, desde donde pensaba que había llegado la voz del monstruo.

— ¿Ha oído eso, *madame*? —repitió—. Ese sonido, esas palabras pronunciadas con un tono diabólico, *terrifiant*. ¿Qué es lo que decían?

Suspiré antes de contestar.

— Decían... "¿Qué vas a hacer?".

— Sí, sí. "*Y ahora, maldita idiota, ¿qué vas a hacer?*". Eso dijo exactamente, *madame*. Oh, una voz que daba verdadero miedo. ¿No sabrá el origen? ¿La persona que las pronunció?

Al otro lado del muro oeste de mi casa había un camino vecinal que atravesaba todas las entradas traseras de las casas de nuestra urbanización, Styles Mansions, donde nos hallábamos. El sonido podía provenir de cualquiera de aquellas viviendas o de sus parcelas, incluso de la pequeña cabaña del vigilante, que quedaba algo más alejada.

— No le podría decir —repuse.

— ¿Y había oído esa voz con anterioridad? No creo que sea fácil de olvidar.

— La he oído ya alguna vez —reconocí—. Pero aquí todos somos celosos de nuestra intimidad. No nos metemos en las vidas de los demás.

— *Ah, bon*. Comprendo.

El desconocido parecía algo desanimado, como si aquella voz fuese algo importante para él. Entonces pareció reparar en algo y dio un respingo.

— Pero qué despistado soy. Perdone que no me haya presentado —dijo, atravesando la puerta del jardín y tendiéndome una mano enguantada—. Me llamo Héracles.

Visto de cerca no era tan parecido a la imagen que me había hecho del personaje de Agatha. No era tan bajito como el hombre que describía en sus novelas; su traje, aunque pulcro, tenía una pequeña mancha de tierra a la altura del muslo izquierdo y su bigote no era un mostacho ni un adusto bigote militar. No, apenas era un hilillo de pelo que se insinuaba sobre la comisura de sus labios. Aquello me decepcionó. No sé por qué. Tal vez porque me habría encantado que Poirot existiese y pudiese ayudarme en aquel momento de mi vida. Porque pasaban cosas terribles en Styles Mansions. Y Poirot, el sagaz e invencible detective belga, de existir, habría sido bienvenido. Lo necesitábamos.

— Yo me llamo Miranda Darnes. Perdone que no le dé la mano.

Héracles bajó la vista y vio mis manos ensangrentadas. Luego el cadáver de un bulldog a mis pies. Echó un paso atrás al ver el enorme tumor en su frente y la sangre que aún manaba de la herida abierta.

— *Mon Dieu.*

— El veterinario me aconsejó hace días que lo sacrificase —le expliqué—. Pero no le hice caso. ¡Le quería tanto! Y ha muerto en medio de unos sufrimientos que no merecía. Yo soy la responsable.

— *Madame*, no diga eso. Usted hizo lo que le pedía el corazón. Eso nunca es un error.

Esbocé una sonrisa. Le di las gracias por su amabilidad, me limpié las manos con un trapo húmedo y apoyé la pala en el suelo. Antes de que se marchase había una cosa que quería saber.

— ¿Qué hace usted aquí? Perdone que sea tan directa, pero es de noche, esta es una urbanización pequeña y nunca le había visto.

Héracles asintió, comprensivo.

— Acabo de trasladarme a la casa contigua a la suya —dijo, señalando al lado derecho del camino—. Precisamente acababa de descargar mis maletas del taxi y estaba estirando las piernas. Echaba un vistazo al vecindario, como dicen ustedes.

— ¿Va usted a vivir en la casa de los Rider?

— Sí, en efecto. John Rider es el hombre que me la alquiló. Aunque todo se hizo a través de una agencia.

Rider House llevaba vacía desde hacía dos años. Desde la desaparición de Lily. No había imaginado que acabarían alquilándola. Pero, claro, el tiempo había pasado. Todos tenemos que pasar página.

— Comprendo. Bueno, ha sido un placer conocerle, aún en estas circunstancias —dije, blandiendo de nuevo mi pala—. Ahora que somos vecinos, recuerde que Miranda Darnes está a su disposición.

Héracles inclinó la cabeza y cayó en mi trampa. O tal vez fuese demasiado inteligente para caer en mi trampa y, sencillamente, se dio cuenta que no valía la pena seguir ocultando su apellido. Porque las normas de la buena educación nos indican que debemos presentarnos ante desconocidos por nuestro nombre y apellido. Y aquel hombre había dicho sencillamente que se llamaba Héracles. Un reduccionismo muy poco inglés, si he de ser sincera.

Así que mi interlocutor se vio forzado a decir:

— Y yo, Héracles Amadeus Polrot, estoy también a su disposición.

La sonrisa de mi rostro se ensanchó. Porque todo había cobrado sentido. Las novelas de Agatha Christie, mi pálpito cuando le conocí, las palabras en francés que se le escapaban aquí o allá, su cabeza en forma de huevo o sus andares afectados con pasos estilizados y diminutos.

— ¿Héracles y no Hércules? —pregunté.

— Exacto.

— ¿Héracles Polrot y no Hércules Poirot? —insistí.

Mi interlocutor suspiró. Sin duda no era la primera vez que alguien ataba cabos.

— Eso es.

— Ya veo, *monsieur* Polrot. Ha sido un placer conocerle.

Héracles Polrot tocó el ala del sombrero que adornaba su cabeza.

— Igualmente.

Le miré mientras se alejaba a pequeños pasos. Hinqué mi pala en la tierra de mi huerto.

— Volveremos a vernos, *monsieur* —le anuncié, aunque no podía oírme.

Y volviendo a alzar la pala, añadí:

— Muy pronto.

CAPÍTULO 1

A la mañana siguiente

A la mañana siguiente, el universo regresó a la normalidad. Mis hijos, Theo y Jacob, bajaron a la carrera de sus habitaciones. Lo revolvieron todo, lo ensuciaron todo, atacaron la nevera y se comieron todo lo que no habían revuelto o ensuciado previamente. Bedelia Hopper vino a buscarlos para ir al colegio y los niños se quejaron, dijeron que se encontraban mal, que los adultos éramos injustos con ellos y que querían quedarse a jugar. Diez minutos después se subieron al coche que conducía la institutriz, el mal humor y los lloros olvidados, lanzando alaridos y jugando a sus juegos imaginarios con la pequeña Marcia.

— ¿Ha dormido bien, señora Darnes? —me preguntó Bedelia, siempre atenta y solícita.

Bedelia era la institutriz de Marcia y, en principio, trabajaba para sus padres, los O'Connor. Pero ya que uno de sus deberes era llevarla al colegio siempre tenía la amabilidad de llevar también a mis hijos hasta Harrogate.

— He dormido maravillosamente —mentí.

— Yo no tuve buena noche. Oí una voz, un grito espantoso cuando estaba a punto de dormirme. Y luego una voz extraña que ponía los pelos de punta y decía algo que no pude entender. Me desvelé —repuso Bedelia.

Pese a su amabilidad y sus buenas maneras, no me gustaba Bedelia. Llevaba unas gafas muy gruesas, el pelo recogido y un feo gesto de desprecio torciéndole el labio inferior. Era como si su rostro contradijese sus modales impecables y esa generosidad de la que hacía gala. En mi opinión todo era una fachada: pura hipocresía.

— Yo no oí nada, querida —mentí de nuevo—. ¿Una pesadilla tal vez, señorita Hopper?

— Puede ser… puede ser.

Bedelia no parecía convencida. Meneaba la cabeza cuando entró en su vehículo con aquellos tres diablillos de entre 11 y 13 años. Recordé que, solo un par de inviernos atrás, eran cuatro los diablillos que ocupaban aquellos asientos. La ausencia de Lily Rider no parecía preocupar a los pequeños, entregados a sus juegos, pero yo sentía en mi corazón que aquel era un asunto que había que solucionar. Y ahora, por fin, tenía la intuición de saber cómo lograrlo.

El coche arrancó. Salí hasta la calle y despedí a mis hijos agitando la mano. Pero no miraron en mi dirección.

La tumba de Charlie, mi dulce y fiel bulldog, quedaba a mi izquierda cuando pisé de nuevo el jardín. Había encargado una placa. Algo sencillo. "Aquí yace un ángel", diría. Aquella frase le describía a la perfección. Ojalá hubiera podido evitar el terrible sufrimiento de mi perro en su hora final. Ya no podía cambiar el pasado. Pero estaba a tiempo de evitar el sufrimiento de otros, de seres humanos que solo yo sabía que se hallaban en peligro. Y estaba a tiempo también de castigar al culpable. A ello me entregaría en cuerpo y alma. Porque, al contrario de lo que le había dicho a Bedelia, no había dormido en toda la noche.

Y durante aquella vigilia interminable había tomado la decisión de hacer justicia en nuestra pequeña urbanización

Eran las 8.30 de la mañana cuando regresé al interior de mi casa. Fui directa hasta el armario y lo abrí. Mis viejos vestidos se mostraron ante mis ojos, aún más viejos que en mis recuerdos.

— *Monsieur* Polrot es un hombre muy cuidadoso con su indumentaria —me dije, intentando separar en mi mente a mi nuevo vecino del Poirot de las novelas.

El día anterior, recordé, llevaba una enorme mancha en el pantalón. Pero decidí que la causa de aquella salpicadura debía ser un pequeño accidente al descargar las cajas de la mudanza o cualquier imprevisto mientras paseaba en la oscuridad por Styles Mansions. No, sin duda Héracles era un hombre que sabría apreciar a una persona bien vestida. Ello influiría en el juicio que se formase de mí. Y yo quería que fuese el mejor posible.

Además, no soy una mujer especialmente agraciada. Apenas mido metro y cincuenta centímetros, estoy demasiado delgada y mi cabello es fino, quebradizo, escaso. Si quería impresionar a Polrot no sería por mi físico, así que tendría que buscar aliados en otra parte.

Rebusqué entre mis prendas hasta que hallé un vestido de lana, muy sobrio pero elegante a su manera. Luego me peiné, me puse el menos llamativo de mis sombreros y salí a la calle en dirección a Rider House. Llevaba en la mano un documento que esperaba convenciese a Polrot de que mi proposición no era ninguna locura. Es más, Dios Nuestro Señor le había traído hasta mi puerta para ayudarme en una misión concreta y sagrada. Polrot era un enviado del Cielo, por así decirlo. Aunque no era tan tonta como para planteárselo en esos términos. Polrot era un hombre de ciencia, que pensaría que era una beata o alguien con una mente supersticiosa. Pero yo, sinceramente, creía que la mano del Altísimo estaba detrás de su llegada.

Pensando precisamente en todo ello, besé la medalla que siempre llevaba al cuello, la de Nuestra Señora de Walsingham, toda pureza, llevando en la falda a Cristo niño, un infante sin tacha como la pequeña Lily Rider o como Claudia.

— ¡No! ¡No! — mascullé, deteniéndome delante de la puerta del jardín de Polrot—. No le hables de momento de Claudia. Solo de Lily. Ya llegará el momento. Muy pronto. Cuando él haya comprendido cuál es nuestra misión. Solo entonces.

Frené una lágrima que estaba resbalando por mi mejilla al pensar en Claudia. Recompuse mi vestido, carraspeé.

— ¡*Monsieur* Polrot!

Había caminado los pocos metros que separaban mi vivienda de Rider House. Repetí su nombre dos veces. Nadie respondió. Y entonces, dominada por un súbito impulso, traspasé la puerta del jardín delantero tal y como mi vecino hiciera con el mío la noche anterior. Rodeé decidida el contorno de la casa. Miré por el cristal de la ventana cocina, por el de uno de los dormitorios y finalmente por el gran ventanal del salón, donde hallé a Polrot, sentado en un sofá y vestido con un elegante batín morado.

— Sí, todo ha salido según lo previsto —le decía a alguien al teléfono—. Al menos de momento. Le informaré en cuanto sepa algo más sobre...

Entonces Héracles levantó la vista y me vio, la nariz pegada al cristal, mirándole fijamente. Y sonriendo. Porque estoy convencida que se me escapó una media sonrisa. Y es que sabía con quién estaba hablando. ¡Con Agatha Christie!

— Tengo que colgar —anunció entonces Polrot a su interlocutor.

Y eso hizo, abruptamente, de un solo golpe, colocando el auricular en el soporte.

Entonces se levantó del sofá, se atusó el batín y caminó lentamente hasta la ventana. Abrió el batiente izquierdo y me dijo:

— Señora Darnes. ¡Qué grata sorpresa! Permítame invitarla a pasar.

CAPÍTULO 2

Hartings y no Hastings

— En primer lugar quiero pedirle perdón por mi atrevimiento, *monsieur* Polrot. No suelo entrar así en propiedades ajenas. Pero es que el asunto que me trae ante usted es de suma importancia.

— Por supuesto. Estoy seguro de que debe serlo.

Polrot sirvió unos licores. Nada demasiado fuerte. Nada demasiado ostentoso. Me di cuenta de que, pese a que acababa de llegar a Rider House, todo parecía perfectamente colocado y en su sitio. Debía haber desecho ya sus maletas y ordenado su nuevo hogar. Tal vez se acababa de dar una ducha, tras horas de trabajo, cuando una vecina entrometida llamó a su puerta (o a su ventana en este caso).

Bueno, qué se le iba a hacer, la ocasión lo merecía.

Mi anfitrión me observaba en silencio, acaso preguntándose qué me había llevado hasta allí. Seguramente adivinando que se trataba de una investigación. Porque yo seguía convencida que aquel hombre, de alguna manera, era el Hércules Poirot de las novelas, y estaba conectado con su creadora. Por tanto, un hombre de su talento solo podía ser requerido para desvelar un misterio.

Y si eso era lo que estaba pensando Héracles, estaba en lo cierto. Porque de un misterio tendríamos que hablar. Aunque antes debía convencerle de lo extraordinario de nuestro encuentro.

— Me gustaría que leyese algo, *monsieur* Polrot.

Alargué una mano y le entregué el documento que había traído desde mi casa, convencida que tendría un efecto revelador.

— Claro, querida amiga.

Polrot desplegó la hoja de papel y musitó algunas frases sueltas: "parroquia de...", "en el año de 1880".

— Es una partida de nacimiento —me dijo.

— En efecto, pero vaya hacia el nombre del recién nacido.

Héracles parpadeó un par de veces, sorprendido.

— Miranda Hartings. ¿El bebé que nació hace 46 años es usted? Pero usted se apellida...

— Darnes es el apellido de mi difunto esposo. Mi apellido de soltera es Hartings.

— Ah...

— ¿No es algo extraordinario?

Polrot juntó los dedos de ambas manos y los puso bajo su mentón.

— Tal vez tenemos usted y yo ideas distintas de lo que es y lo que no es extraordinario.

— Vamos, señor mío, haga gala de su legendaria capacidad de deducción. Usted es casi Hércules Poirot y yo soy casi su Hastings. No puede ser casualidad que yo me apellide Hartings y que nos hallamos encontrado por azar en una pequeña urbanización del norte de Inglaterra.

Me estaba refiriendo, por supuesto, al compañero de pesquisas del protagonista en casi todas las obras de Agatha Christie publicadas hasta la fecha. Porque Hércules Poirot hacía pareja detectivesca con su amigo, el capitán Hastings, en tres de ellas.

— Pienso que usted sigue en un error. Sus razonamientos parten de una premisa equivocada, querida señora Darnes —me informó mi anfitrión en tono paternalista—. Yo no soy Hércules Poirot y no poseo por tanto ninguna legendaria capacidad de deducción.

— A mí no me engaña.

Polrot soltó un bufido y me devolvió mi partida de nacimiento de forma brusca. Yo no quería contrariarlo. Lo último que deseaba era que me invitase a abandonar la vivienda.

— Entiéndame, *monsieur* —proseguí—. Respeto su privacidad. Respeto que quiera pasar desapercibido, que cambie su aspecto respecto a las novelas, que se haya recortado el bigote o que intente disimular su vocabulario francés.

— ¿Disimular?

— Ayer estaba cansado tras un largo viaje y no pensaba que se le reconociera tan pronto. Así que me llamó *madame*, tildó aquella voz terrible de "terrifiant" y no disimuló su gusto por seguir utilizando expresiones de su tierra. Pero hoy me llama señora en lugar de *madame* y querida amiga, que es una traducción de "ma chère amie". Aprendí algo de francés en la escuela, ¿sabe usted? Y me doy cuenta de que trata de que no le relacionen con...

— Querida señora Darnes... ¡*madame* Darnes! Escúcheme. De lo que ha dicho, lo único que es cierto es que he tratado de esconder algunas de mis expresiones francesas, pero lo he hecho para que no insistiera en esa estupidez sobre Hércules Poirot. Yo me llamo Héracles Amadeus Polrot. Siempre me he llamado así.

— No lo pongo en duda.

— ¿Entonces?

— Es evidente. Yo también sé usar mis células grises. Usted es el hombre en el que se basó Agatha Christie para escribir sus novelas.

— ¿Cómo? *Mon Dieu.*

Parecía ofendido, pero algo en su gesto me revelaba que era una pose.

— Mire, es muy sencillo. Ella debió conocerle hace años, ignoro en qué circunstancias. Cuando comenzó a escribir sus novelas, le recordó y...

— *Ça suffit.* ¡Oh, no, esto ya no lo puedo tolerar! Creo que debo pedirle que se marche, porque...

No. Qué gran error. A pesar de que me había prometido andar con pies de plomo, había terminado por hablar de más y por solivantarle. Estaba comprometiendo su disfraz. Claro, eso era. Ahora lo comprendía. Héracles no quería ser descubierto antes incluso de comenzar su investigación. Tendría que haber supuesto que solo con mi partida de nacimiento no bastaría para hacerle comprender que yo era su Hastings o, más propiamente, su Hartings. No podía confiar ciegamente, hasta el punto de revelar su identidad, en una persona a la que acababa de conocer.

— Perdóneme, señor Polrot. Por favor. Yo solo quería hacer notar que, al igual que Watson con Holmes, Agatha escribía las hazañas de Hércules Poirot; que era su notario, por así decirlo. No pretendía ofender.

Héracles se serenó. Meneó su cabeza de huevo.

— Pero, *madame*, ¿usted es consciente de que Watson es un personaje literario?

— Sí, claro.

—¿De que no hay notario de los casos de Holmes porque Holmes también es un personaje literario?

— Sí.

— ¿Y de que Agatha Christie es una persona, no un personaje?

— Lo sé.

— ¿Que yo soy una persona, que no me llamo Hércules Poirot y que no soy un personaje de una novela?

— Sé perfectamente todo eso, *monsieur*, pero...

— ¡Pues yo no tengo tan claro que lo sepa, que sepa distinguir con claridad la línea que separa el mundo real de la literatura!

Se hizo el silencio. Mi anfitrión sorbió su licor sin hacer el menor ruido. Se secó la comisura de los labios con un pañuelo de seda.

— Todo eso que acaba de decirme no cambia un hecho esencial —le aclaré—: el hecho que me hizo venir hasta aquí a buscar su ayuda.

— ¿Y cuál es ese hecho?

— Hay gente en peligro en nuestra urbanización de Styles Mansions. Otro niño, o tal vez un adulto la próxima vez. Alguien que podría morir en cualquier momento.

Polrot levantó el dedo índice de su mano derecha.

— *Ah, bon*. Es la primera cosa de cuantas me ha dicho esta mañana que suscita mi interés.

Estaba nerviosa. Había soñado que todo iría mucho mejor, que nos entenderíamos a la primera, que comprendería que nuestra misión era investigar juntos aquel caso. Pero todo estaba yendo mal. Hasta ahora. Esperaba que las cosas pudieran encauzarse. Tomé yo también un sorbo de licor. Me relamí los labios.

— ¿Y bien? —me urgió a continuar Polrot.

No parecía sorprendido por mi anuncio de que alguien podía morir en cualquier momento. Una persona a la que acababa de acusar de no estar del todo en sus cabales, de no saber separar realidad de fantasía, ahora le hablaba de asesinatos. Y el bueno de Héracles, lejos de decidir que era el momento de echar a esa persona de su casa, y para siempre, entendía que debía ser escuchada con el mayor interés. Aquello me reafirmó en la idea de que me hallaba ante un detective y que no andaba errada en mis sospechas sobre aquel belga estirado.

— Todo comenzó en esta misma casa —le expliqué—. En el mes de noviembre de hace dos años. La pequeña Lily Rider desapareció. Tenía ocho años. Era rubia, muy menuda. No jugaba mucho con mis hijos porque era la más pequeña del lugar. No tenían mucho en común. Pero hacía buenas migas sobre todo con Marcia O'Connor. Sus padres, Shaun y Effie O'Connor, habitan la casa justo al lado de la mía, la de la derecha.

— ¿La que tiene el muro de piedra más alto y las enredaderas?

— Esa.

— Muy bien. Prosiga. Tal vez quiera contarme cómo desapareció exactamente.

Polrot me observaba con interés, como si intentase descubrir algo más allá de mis palabras, como si ya conociese la historia y quisiese descubrir qué sabía yo exactamente.

— Ese es el primer misterio. Desapareció sin más. Estaba jugando en el jardín de la entrada, ese por el que acabo de pasar. Su madre me dijo que acababa de mirar por la ventana y que la vio jugando con sus muñecas. Al instante siguiente se había esfumado. Yo estaba haciendo la siesta cuando la niña desapareció.

Ambos miramos hacia la ventana. Era la que yo había usado unos minutos antes para espiarle mientras hablaba por teléfono.

— Así pues, la niña no pudo ir muy lejos, *madame* Darnes.

— Eso pensó Scotland Yard. Revisaron Styles Mansions de arriba a abajo, entraron en todas las casas, golpearon muros, examinaron cada habitación, nos interrogaron a todos. Sin resultado. El vigilante, Raymond Knowles, llegó a ser sospechoso. O al menos lo tuvieron en su punto de mira. Pasaron un día entero cavando en su jardín y se lo llevaron dos veces a la central. Pero la institutriz de los O'Connor, Bedelia Hopper, le dio una coartada. Dijo que estuvo con ella toda la tarde, ayudándola a pintar su habitación en la casa de los O'Connor.

«Al cabo de un tiempo, los policías llegaron a la conclusión de que alguien, de dentro o de fuera de la urbanización, se la había llevado en un vehículo. Pero la madre no oyó ningún vehículo a aquellas horas. El padre, John Rider, estaba trabajando en su estudio. No sabía nada tampoco. Bedelia usaba el coche de sus señores, los O´Connor, pero ya he dicho que declaró que pasó la tarde pintando con el vigilante. Los O'Connor no tenían otro coche. Yo tengo uno, muy viejo, de mi difunto esposo, pero hace tiempo que no lo conduce nadie. Los Rider y los Weaver no tenían vehículo propio. Se desplazaban en tren o autobús o taxi, como todo el mundo. Scotland Yard revisó todos nuestros coches y hasta se llevó alguno para hacer un examen más exhaustivo. De cualquier forma, esa línea de investigación no llevó a ninguna parte. La niña nunca apareció. Ni una pista, una pieza de ropa o un rastro por pequeño que fuese en casas, caminos, calles o vehículos. Los padres quedaron destrozados y al cabo de un tiempo se marcharon de la urbanización, incluso del condado de North Yorkshire. No sé qué ha sido de ellos.

— La madre, Fiona, murió —me explicó Polrot—. El padre está muy enfermo. Vive en Londres. Creo que la pena, el no saber qué fue de su hija, les ha ido comiendo por dentro.

— Pensé que había alquilado esta casa a través de una agencia. Que no los conocía en persona.

— Así es. No los conozco.

Como Polrot no parecía dispuesto a revelar nada más, proseguí dando algunas explicaciones adicionales sobre Lily y sus padres, sobre la progresiva ausencia de la policía, cada vez menos interesada en el caso. Hasta que dejaron de venir unos seis meses atrás.

— Hace un momento, *madame*, me ha dicho que sus vecinos estaban en peligro, que alguien podía morir. Muy pronto. Supongo que tendrá alguna razón para pensar eso.

— Un pálpito.

— ¿Un pálpito?

— Ya sabe. Una intuición.

— *Très bien.* Sé lo que significa pálpito. Pero me ha parecido, cuando lo ha dicho, que sus sospechas eran más concretas que un simple pálpito.

— A veces los pálpitos no son simples en absoluto. Hay un montón de cosas, de pequeños detalles, que se van juntando, uniendo como piezas de un puzzle que está en el aire. Y de pronto, plof, todo encaja. ¿Entiende? No es un pálpito. Es mucho más que eso.

— Pues deme razón de esos detalles que están en el aire y han provocado su pálpito.

— No sabría decir. Nada y todo. Una sensación de que algo malo va a suceder.

Polrot no pareció muy contento con la vaguedad de mi explicación y musitó una maldición en voz baja y en francés. O eso creo que hizo. No le oí bien. Subió el tono de su voz y dijo:

— ¿Y qué relación tienen sus pálpitos, *madame*, y el peligro hipotético que acecha a otros miembros de esta comunidad… qué relación tiene todo ello con la desaparición de Lily Rider? Porque ha dicho que todo comenzó con ella.

No supe qué decir esta vez. Poco a poco, me iba acorralando con sus preguntas. No quería hablarle de Claudia. No aún. Polrot debía llegar a ese punto por sí mismo. Y atar cabos. Descubrir la verdad y hacer justicia. Cuando a mi mente acudió la palabra "justicia" volví a pensar en Nuestra Señora de Walsingham. Extraje la medalla que colgaba de mi garganta y la besé varias veces con devoción.

Levanté la vista y me di cuenta de que mi interlocutor aún esperaba una respuesta.

— Debe creerme, *monsieur* Polrot, hay un peligro muy real en Styles Mansions. Y, como he dicho, todo comenzó con Lily. Al menos eso creo. Ni siquiera estoy segura. Yo… cómo decirlo… las cosas que sé o creo saber están viciadas por mi conocimiento íntimo, muy íntimo, de las pocas personas que vivimos aquí. Mi visión es tan subjetiva que podría desviarle de la verdad. Por eso quiero que investigue con mi ayuda pero no con mi guía. Yo le mostraré todo, las personas y los lugares, pero prefiero guardarme mis opiniones. Al menos de momento y por el bien de todos.

— ¿Y no sería más adecuado que sea yo quien decida si sus opiniones son o no válidas? ¿Que tenga todos los datos, aunque algunos sean discutibles, antes de decidir o de actuar?

— Créame, hay cosas que no debe saber. No aún.

Héracles parecía desanimado. Pero no se enfadó conmigo esta vez. Ni me echó de su casa. Ni me dijo que todo aquel asunto no iba con él.

— *Madame* Darnes, ¿me permite que le haga una pregunta?

— Por supuesto.

— ¿Sabe usted quién secuestró a Lily?

Dudé antes de contestar.

— No.

— Pero cree saberlo.

— Es probable.

— ¿Y con qué grado de probabilidad?

— ¿Qué quiere decir?

— ¿Tiene dudas? ¿Está bastante segura? ¿Muy segura? ¿Completamente convencida?

— Digamos que estoy lo suficientemente convencida como para creer que podría haber nuevos secuestros o nuevos asesinatos.

— Pero no va a decirme nada de sus sospechas.

— No. Debe ser usted quien ate cabos, quien imparta justicia. Ya se lo he dicho antes.

— Porque usted cree que es lo que haría Hércules Poirot, el detective de esas novelas.

— Porque creo que es lo que hará usted, que por eso ha venido a este lugar.

De nuevo se hizo el silencio. Nos miramos de hito en hito. Polrot inspiró profundamente y luego expiró todo el aire de sus pulmones.

— Me parece que todo lo que tenía que decirse hoy ya se ha dicho. ¿No cree, *madame*? Con su permiso la acompañaré a la puerta de mi casa. Yo estoy retirado y de vacaciones. No tengo claro que deba investigar nada. Pero le prometo que pensaré en su ofrecimiento.

Mi anfitrión atravesó lentamente el salón. Le seguí obediente. Polrot estiró su batín y extendió su mano cuando llegamos a la entrada, invitándome a salir.

— ¿Puedo hacerle yo una pregunta, *monsieur*?

— Claro, *madame*.

— Me acaba de decir que está retirado. ¿De que trabajaba usted antes de retirarse?

Respondió sin dudarlo. No era hombre de mentiras ni de circunloquios.

— Fui policía en Bélgica.

Sonreí al oírlo.

— Como Hércules Poirot.

— ¿Ese detective de novela también provenía de la policía belga? Lo ignoraba. Porque yo, y quiero insistirle en este punto, no soy Hércules Poirot. No soy para nada ese personaje de ficción. ¿Comprende?

No respondí. Di un paso y pisé el jardín. Tuve la sensación de que Héracles Amadeus Polrot quería decirme algo más. Me volví.

— *Madame*, le pido encarecidamente que me revele el nombre de la persona o personas que piensa se hallan tras la desaparición de Lily Rider. Se lo pido en nombre mío y en el de su padre, que se muere lentamente de pena. Tenga misericordia. Revéleme ese secreto, así como el resto de cosas que me oculta.

Sus pequeños ojos negros me miraban inquisitivamente. Al citar al padre de Lily se me rompió el corazón. Pero debía ser fuerte. El culpable era un monstruo y debía pagar, eso estaba claro, pero no podía decir su nombre hasta estar segura del todo. Ese no era el camino que Dios había dispuesto para resolver aquel caso.

— No puedo. No aún. Tal vez no pueda nunca. Aquí somos todos como una familia. No acusaré a nadie sin pruebas. Además, tengo otras razones para callar. Cuando llegue el momento tal vez me comprenda.

Polrot era un observador del alma humana. Creo que fue entonces cuando se rindió a la evidencia de que no le contaría todo lo que sabía. Pero aquello encendió una chispa en sus ojos. Vi la ira en ellos, el deseo de ponerme en mi sitio, de demostrarme que no respetaba el que jugase con él.

—Vamos a llevar al terreno de la probabilidad sus conclusiones iniciales, *madame*. Me dijo que usted quería ser mi Hastings. ¿No es cierto?

— Sí.

— Pues yo, que apenas he leído nada de Agatha Christie, estoy seguro de que el compañero de un investigador jamás le ocultaría pruebas. Hastings nunca ocultaría nada a su amigo. ¿No es cierto?

— Así es. Pero yo no puedo evitarlo. Lo siento.

Polrot me dio la espalda.

— Pues entonces una cosa hemos descubierto hoy. Bueno, en realidad dos.

— ¿Cuáles?

— La primera, que yo no soy Hércules Poirot. Y la segunda que usted, a pesar de esa partida de nacimiento que acaba de mostrarme, tampoco es Hastings.

Y me cerró la puerta en las narices.

CAPÍTULO 3

Una visita que no llega

—Enséñame a conducir —dijo una voz infantil, sacándome de mis ensoñaciones, sentada en el salón de mi casa con una taza de té en la mano.

Me volví. Jacob me miraba con un brillo de esperanza en los ojos. A pesar de tener solo trece años tenía muy claro lo que quería ser de mayor: piloto de carreras. Y no paraba de pedirme que le enseñase a llevar por la urbanización nuestro viejo Wolseley, el coche que había llevado su padre hasta que estuvo demasiado enfermo. Como siempre hacía en estos casos, decidí cambiar de tema.

— ¿Hace mucho que habéis llegado del colegio?

— No. Ahora mismo —repuso Jacob, señalando hacia la entrada, desde donde Bedelia Hopper esbozaba una de sus estúpidas sonrisas de costumbre.

— Los niños se han portado muy bien, señora Darnes —dijo la institutriz.

Decidí ser amable.

— Una vez más, le agradezco que lleve a mis hijos a Harrogate.

— Oh, eso es cosa de los señores O'Connor. Ya que tengo que ir todos los días a llevar a Marcia, no me cuesta nada llevar también a Jacob y a Theo. Es más, para mí es un placer. Son buenos chicos.

— Hablando de Theo, ¿dónde está?

— Aún se encuentra en el coche, jugando con Marcia.

Miré por la ventana. Theo reía a carcajadas mientras la pequeña de los O'Connor le hacía carantoñas. Marcia era la más extrovertida de aquel trío de mocosos. Y hacía muy buenas migas con Theo. Al fin y al cabo tenían la misma edad: once años, casi doce. Jacob era algo más mayor y en octubre había cumplido trece.

— Bueno, tengo que irme.

Bedelia se dio la vuelta sin añadir nada más. Salió atropelladamente hacia su coche y arrancó a toda velocidad. Mi Theo apenas tuvo tiempo de bajarse. Me quedé estupefacta. Era una reacción extraña para una mujer con tan buenos modales, aunque fueran falsos e impostados. Miré en derredor, tratando de entender su reacción.

— Ahora lo entiendo. Ahí está "su" hombre.

Raymond, el vigilante, estaba junto al seto de la entrada de mi casa. Aparentaba estar trabajando, pero yo sabía lo que estaba haciendo. Había hecho un gesto hacia su amante, recordándole que terminase pronto con su trabajo para reunirse con él. Y Bedelia había salido corriendo a la carrera para dejar a Marcia en casa de los O'Connor y pedir la tarde libre.

— ¡Qué vergüenza!

La relación entre ambos era la comidilla de nuestra pequeña comunidad de Styles Mansions. Una mujer de treinta y muchos con un chico de poco más de veinte, sin oficio ni beneficio, al que teníamos de vigilante y chico para todo.

Al final habrá que despedirle, pensé. Bueno, ni siquiera le pagamos, dijo una vocecilla dentro de mi cabeza. Lo cual, evidentemente, hacía complicada la tarea de despedirle.

Como si Raymond se hubiese dado cuenta de lo que estaba pensando, miró en mi dirección y bajó la cabeza. Se dio la vuelta, dispuesto a irse sin saludar siquiera. Pero yo se lo impedí:

— ¡Buenas tardes, señor Knowles!

Se detuvo y dijo:

— ¡Buenas tardes, señora Darnes!

Me volví y contemplé a mis dos hijos. Theo estaba sentado en la mesa, sorbiendo el plato de sopa que había preparado para ellos.

Jacob había cogido su colección de coches y pretendía bajar al sótano.

— Primero come algo, Jacob. Hay sopa y un poco de carne.

— Pero...

— Ya me has oído.

Jacob obedeció a regañadientes. Era un rebelde como su difunto padre. Theo, por el contrario, había salido a mí. Era un alma buena y confiada.

Físicamente, Jacob y mi difunto esposo eran como dos gotas de agua. Ambos morenos, de pelo muy corto, castaño claro. Y las mismas facciones redondeadas, de corte clásico. Theo tenía el pelo algo más claro y la nariz bulbosa de mi familia. Eran dos niños muy guapos.

— ¿Puedo irme ya al sótano?

Jacob se había tomado el primer plato y el segundo a toda prisa. Estaba de nuevo carreteando su caja con coches.

— Haz lo que quieras. Yo tengo cosas que hacer. Un asunto importante. No me molestes a menos que suceda algo grave.

Theo se levantó de la mesa poco después.

— ¿Puedo ir yo también a jugar?

— Claro.

— Ayer dijiste que pasábamos demasiado tiempo en el sótano.

Le acaricié el pelo.

— Preferiría que jugaseis al aire libre. Es mucho más sano para un niño.

— Luego iremos afuera, cuando hayamos terminado de hacer carreras.

— De acuerdo. Mucho mejor así.

Theo me abrazó.

— Gracias, mamá.

Pero antes de descender por la escalera se volvió.

— Hace un momento le has dicho a Jacob que tenías algo importante que hacer y que no te molestásemos. Me preguntó de qué se trata.

Mi pequeño siempre tan curioso.

— Cosas mías —le respondí, mirando hacia la casa de *monsieur* Polrot—. Tengo la esperanza de que un amigo venga a verme esta tarde y que iniciemos una tarea juntos. Ya te explicaré más sobre el tema en su momento.

Theo me ofreció una sonrisa radiante.

— Muy bien, mamá.

Escuché sus pies descender a toda velocidad. Y al momento unas voces infantiles:

— ¡No cojas el coche rojo, Jacob! ¡El rojo es el mío!

— ¡El rojo es el mejor!

— Me da igual. Es el mío. Tú puedes coger el azul o el verde.

— Son modelos viejos y corren menos. Además, el rojo me lo regaló papá antes de irse al cielo.

Suspiré. Cerré la puerta que llevaba del salón al sótano. No me gustaba espiar sus conversaciones.

Caminé lentamente hacia el jardín. Desde mi posición tenía una vista perfecta de Styles Mansions, que nacía en la falda de la montaña de Hill Moor, descendiendo abruptamente hasta la pequeña casa del vigilante. Allí continuaba, avanzando hacia la casa de los Weaver, la de los O'Connor y la mía. Para acabar precisamente en la casa que un día habitó la familia Rider. Tras ella, un enorme solar donde deberían haberse construido el resto de casas de la urbanización. Lo único que llegó a ver la luz, aunque parcialmente, fue un lago artificial, una especie de embalse que debería haberse llenado de caminos empedrados, plantas acuáticas y puentes recubiertos de hiedra. Un paraíso inconcluso del que emergía un camino entre la vegetación que conducía a los pueblos de los contornos y a una lejana estación de autobuses.

— Vamos, *monsieur*. Decídase. Salga de esa casa. Tenemos mucho que investigar y un asesino sigue suelto, dispuesto a matar.

Estaba hablando a la fachada de Rider House, esperando que mi vecino hiciese acto de presencia.

— Vamos, *monsieur* —repetí.

Pero aunque permanecí allí más de una hora, Polrot no apareció.

CAPÍTULO 4

Comienza la investigación

— ¿Me estaba esperando, *madame*?

La voz ligeramente aflautada de Polrot me hizo dar un respingo. Estaba sentada delante de la casa, sobre una mecedora. Eran ya las cuatro y media de la tarde. Creo que me había quedado algo traspuesta, acaso en esa situación indefinida en la que estás con los ojos abiertos pero el resto de tu cuerpo ya se ha dormido. Estar a la espera del apagón, así lo llamaba mi difunto esposo.

— La verdad es que sí —reconocí, frunciendo el ceño al recordar a Roger.

— He estado pensando en su proposición —declaró Polrot.

Aquello me hizo despertar del todo. Olvidé el pasado y sonreí a mi nuevo vecino.

— ¿Y bien?

— No me gusta.

— Ah...va... vaya —balbucí, decepcionada.

— No me gusta que me oculten cosas. No es una buena manera de comenzar una investigación, ni siquiera una relación de amistad o de buena vecindad. No sé si me entiende.

— Le entiendo perfectamente.

Polrot movió su cabeza ovoidal a derecha y a izquierda, mientras esperaba que yo añadiese algo más. Como no lo hice, prosiguió:

— Supongo que persiste en su actitud de no revelarme todo lo que sabe.

Lancé un suspiro.

— Debo hacerlo, *monsieur*.

Mi interlocutor compuso una expresión severa.

— Como decía, su proposición no me gusta. Lo que no significa que no vaya a aceptarla. Como le he dicho, estoy de vacaciones y todavía me gusta menos dejar ociosas mis...

— ¿Células grises?

Esta vez fue Polrot quien suspiró.

— Mis horas. No me gusta dejar ociosas mis horas. Prefiero llenarlas con actividades que me resulten apasionantes o al menos me distraigan. No hacemos ningún mal escarbando un poco en el pasado. Además, me siento en deuda con John Rider, que me ha alquilado su casa a un precio muy razonable. Así que todo encaja: el tema me interesa, me siento motivado y dispongo de tiempo libre.

— Es una noticia maravillosa porque...

— Sin embargo, *madame* —me interrumpió—, no tengo claro qué puede ofrecerme.

— ¿Perdón?

— No tengo claro por qué no investigo la desaparición de Lily por mí mismo. Solo. No veo qué ganancia obtengo de hacerlo con usted.

Aquello no se me había pasado por la cabeza. Me había imaginado a Polrot investigando con Hartings. ¿Era lo lógico, no?

— Usted me necesita.

— Ah, ¿sí?

— Yo conozco el lugar, conozco las costumbres de cada casa de Styles Mansions y, lo que es más importante, puedo abrirle sus puertas.

— ¿Qué puertas?

— Las puertas, *monsieur*, esas que no se abrirán de par en par cuando un hombre como usted venga a preguntar por Lily Rider.

— *Je ne comprends pas*. Me gustaría saber a qué se refiere cuando dice "un hombre como usted".

— Ya sabe, un extranjero, uno de esos que van por ahí diciendo "comprend pas" en lugar de no comprendo. Los Weaver, por ejemplo, no creo que ni le recibieran y, desde luego, no le dirían una palabra de la desaparición de la niña. El resto, le gusten o no las personas de fuera de nuestro país, siempre se abrirán más fácilmente a mí que a un desconocido. Supongo que no será la primera vez que se encuentra con situaciones de este tipo y con personas de "ese" tipo.

Polrot se volvió y observó por encima del muro del jardín el resto de casas de Styles Mansions.

— Lo que dice tiene sentido. Todo el sentido, por desgracia. Así que se ofrece a ser *mon assistante*, es decir, mi guía, mi ayudante...

— Su Hartings.

— *Bien sûr*. Me pregunto, no obstante, si puedo confiar en usted.

— Plenamente, *monsieur* Polrot. Puede ser que le oculte alguna cosa de las que ya sé, pero le prometo sobre la Biblia que no le ocultaré nada más, que no le mentiré nunca y que seré su fiel escudero. Como ya he dicho, seré su Hartings... o su Hastings, como prefiera.

Y para refrendar mis palabras, saqué la efigie de Nuestra Señora de Walsingham y la besé cuatro veces antes de devolverla a su lugar, colgada de una pesada cadena de oro bajo mi garganta.

— Preferiría que fuese mi *madame* Darnes.

— Pues eso seré.

Nuestra conversación fue interrumpida por unas carcajadas infantiles. Theo y Jacob salieron a la carrera del sótano y casi chocaron con cierto expolicía belga que estaba junto al umbral de la puerta.

— ¡Cuidado! —chillé a Jacob.

— *Pas de souci* —dijo Polrot—. No se preocupe. Estos muchachos tan fuertes y aguerridos no tenían intención de empujar a Héracles, estoy convencido de ello.

Theo se quedó mirando intrigado a aquel hombre que llevaba un sombrero fedora y le sonreía mostrando un bigotito incipiente.

— No, claro que no, señor —contestó—. Solo habíamos salido a jugar a la pelota. A mamá no le gusta que pasemos demasiado tiempo en el sótano. Así que hemos pensado chutar un rato el balón.

Y estaba haciendo ya Jacob, sin hacer mucho caso al recién llegado. En ese momento golpeaba un balón de cuero por encima de un parterre de begonias. Su hermano, al verlo, se dispuso a seguirle pero yo tomé a Theo por el brazo. Acerqué mi boca a su oído.

— Mamá va a estar muy ocupada estos días. Es un asunto complicado y peligroso.

Mi hijo enarcó unas cejas inquisitivas.

— ¿Peligroso, mam...?

— Psst. No quiero que nos oigan —le dije.

Mire hacia Polrot, que se había vuelto y observaba como Jacob golpeaba el balón con furia y determinación, impactando en un poste de madera y haciéndolo vibrar y balancearse.

— Mamá va a enfrentarse a un peligro muy grande —añadí en voz baja, mirándole a los ojos—. Si me pasa algo quiero que seas fuerte. Ya eres un hombrecito. Tienes que salir adelante. Sea como sea. Como hiciste cuando se fue al cielo tu padre.

— Pero, mamá...

— ¿Me prometes que serás fuerte?

— Claro.

— Muy bien. Confío en ti. Ve a jugar.

Theo echó a correr y, apenas unos instantes después, mis dos hijos golpeaban el balón, hacían carreras, se regateaban y reían como posesos.

— Unos niños extraordinarios, *sans aucun doute* —dijo Polrot.

En sus ojos brillaba una luz extraña, como si me observase de una forma distinta, desde el respeto y no desde la indignación que hasta ahora había sentido a causa de todo cuanto le ocultaba de Styles Mansions.

— Lo son. Verdaderamente lo son, *monsieur*.

Consulté mi reloj. Eran casi las cinco. Añadí:

— Pero nuestra investigación debe comenzar. Venga conmigo. Es la hora del té.

CAPÍTULO 5

La señora Weaver

— ¡Cuánto me alegro de que me invitases, Miranda! ¿Hacía cuánto que no disfrutábamos de una tarde juntas? ¿Seis meses? ¿Diez? ¿O un año ya? ¡Cómo pasa el tiempo! Pero claro, ha sido una época de cambios, de muchos sucesos extraños en nuestra querida urbanización, y también sucesos privados en tu casa, y en la mía... Todos tenemos cosas que hacer, tantas obligaciones... Ya sabes. Nunca es fácil encontrar el momento de llamar a una amiga. Lo entiendo perfectamente. ¿Cómo no iba a entenderlo? Yo misma podría haberte llamado y no lo hice. El mismo ajetreo y las mismas obligaciones, supongo. Además, ahora mismo acaba de pasarte lo del pobre Charlie. Con lo que querías a ese perrito. Una pena que desarrollase un tumor tan feo en su linda carita. Qué final más triste. Mi esposo ya te dijo que lo sacrificases. Debiste hacerlo. Pero, claro, uno le coge tanto cariño a esos animalillos que se resiste a dejarlos ir. Pero uno debe sobreponerse, ¿no es cierto? Por eso me alegré tanto cuando me has llamado por teléfono. Era un poco tarde para la hora del té. Pasaban dos minutos de las cinco. Pero me dije: ¡un té con Miranda vale la pena! ¿No es verdad? Sí que lo es. Lo que no esperaba, puedes creerme, era encontrarme con un nuevo vecino. ¿Y está usted alojado en Rider House? ¿No es extraordinario? Este asunto va a ser la comidilla durante semanas. ¿Cómo no me lo dijiste antes?

Margaret no había parado de hablar en al menos quince minutos. Polrot me había dicho que necesitaba información. Yo le había informado de que nadie tenía más información que Margaret Weaver. Le había advertido, no obstante, que tendría que entresacar aquella información que fuese relevante entre toneladas y toneladas de información banal. Pero mi compañero de investigación dijo que estaba dispuesto a correr el riesgo. Por su gesto descompuesto y la sonrisa helada en la comisura de sus labios, me di cuenta de que comenzaba a arrepentirse.

— No te había avisado antes porque *monsieur* Polrot llegó ayer mismo, de madrugada — anuncié a Margaret, a toda velocidad, porque sabía que, de haberla dejado respirar un segundo, habría comenzado a desgranar una nueva sarta de banalidades sin esperar respuesta.

— ¿De madrugada? Oh, ¡qué valor! No se puede conducir hoy en día por la noche. Se oyen historias terribles sobre robos, asaltos, colisiones con animales y hasta desapariciones. ¿Sabía usted que una prima mía...?

— Perdone que la interrumpa, *madame* Weaver —intervino Polrot, incapaz de seguir callado por más tiempo—, me gustaría hacerle una pregunta.

— Sí, cómo no.

Margaret parecía algo turbada, pero no por la interrupción sino por verse obligada a componer una frase tan corta y luego detenerse. No se trataba de una persona lacónica, precisamente.

— *Merci*. Tan solo quería que me explicase cuánto tiempo lleva usted en Styles Mansions.

— Mucho tiempo, señor. Desde que se construyó. Hace 11 años. Mi primo, Edgar Forrester, me dijo que estaban construyendo una urbanización con muy buena pinta y que los precios eran asequibles. Conocía al constructor. Fueron al colegio juntos o algo así. Nathaniel, mi esposo, y yo misma, nos enamoramos del lugar. Y decidimos invertir todos nuestros ahorros. Fuimos los primeros en llegar. Sinceramente creo que fue la mejor decisión de nuestras vidas porque...

Polrot la dejó hablar tres minutos exactos y alzó una mano. La señora Weaver detuvo su verborrea.

— ¿Puedo hacer otra pregunta, *madame*?

— Sí.

Una sola sílaba. Aquello debía ser un récord mundial para la pobre Margaret.

— Como ustedes llegaron los primeros, sin duda fueron testigos del momento en que el resto de casas se iban poblando con nuevos inquilinos. ¿Recuerda en qué orden?

Margaret asintió.

— Nosotros llegamos en abril de 1915. Los Darnes: la señora Miranda, los dos niños y Roger, que en paz descanse, en verano. Finales. Agosto tal vez. Luego llegaron los Rider, en octubre. Finalmente los O'Connor, en enero de 1916. El constructor acababa de terminar la casa del vigilante cuando quebró. Problemas de impuestos se dijo, aunque yo siempre he creído que fue un lío de faldas. Él y su secretaria se fueron con el dinero de la constructora y ahora viven en España. Mallorca. Así que lo que iba a ser una gran urbanización se quedó en un reducido espacio para cuatro familias y su guardés. Conozco una historia que sucedió en otra urbanización del mismo constructor. Fue en Leeds y...

Polrot sacó su reloj de bolsillo y comenzó a cronometrar los tres minutos de rigor. Iba a levantar de nuevo su mano, pero esta vez Margaret subió el tono de su voz, abandonando la digresión y regresando al tema principal.

— El vigilante llegó a Styles Mansions en marzo de 1916. Pero esto no le gustaba. Era un urbanita y el campo le ponía triste. O eso dijo. Un tipo raro. Se marchó tras unos años y el señor Knowles llegó en septiembre de 1922. Hace solo cuatro años.

Margaret calló y nos regaló una gran sonrisa. Podía ser cotilla y demasiado habladora, pero no tonta.

— Debo alabarla, *madame.* ¡Tiene usted una memoria extraordinaria!

— Me viene de familia. Mi madre era famosa por poder recordar los nombres y apellidos de todas las personas que habían comprado en su tienda de comestibles en Killinghall. Y aunque era una tienda pequeñita en una ciudad aún más pequeñita, estuvo abierta durante más de cuarenta años.

— *C'est incroyable*. Si no es molestia, ¿podría hacerle otra pequeña pregunta?

— Por supuesto. Pero antes querría saber a qué se debe este, por decirlo así, interrogatorio. Porque me está interrogando, esto no es una conversación casual entre vecinos, ¿no es verdad?

Decidí que era el momento de intervenir y de obrar acorde con mi papel de cicerone.

— *Monsieur* Polrot es detective.

— Gendarme retirado —me corrigió Héracles.

— Es lo mismo en este contexto —dije, y luego volviéndome hacia Margaret—: Está investigando la desaparición de la pequeña de los Rider.

La señora Weaver abrió mucho la boca. Luego la cerró y depositó su taza de té en mi mesita del salón.

— ¿No es extraordinario? Tras tanto tiempo regresan los mismos fantasmas. Claudia, mi hija, me ha estado preguntando sobre el tema, también a su padre y al resto de vecinos durante el último mes. Parecía fascinada. Yo creía que era un tema olvidado. Pero estaba equivocada. Y su presencia aquí lo demuestra.

Polrot intentó atusarse el bigote, ese bigote que ya no tenía porque se lo había afeitado. Se dio cuenta que su mano derecha estaba en el aire, sobre la comisura de sus labios, sin tocar cosa alguna. La bajó abruptamente.

— Hábleme de Claudia, *madame*. ¿Qué es lo que preguntaba su hija sobre el caso Rider?

Claudia, pensé, sintiendo que el corazón me daba un vuelco. ¿Debía contar lo que sabía? ¡No! ¡No! Aún no era el momento. Eso lo estropearía todo. Polrot sacaría conclusiones equivocadas y el verdadero culpable podría quedar impune. Miré a Margaret, mi amiga, y pensé que ella me contaría la verdad si un hijo mío estuviese en el lugar de Claudia. Me mordí los labios y recé en silencio a Nuestra Señora, tratando de luchar contra el enorme sentimiento de culpa que me atravesaba de parte a parte.

— Mi hija siempre ha sido diferente, especial. Ha estado enferma desde niña. No la hemos llevado al colegio ni tampoco acudirá a la universidad. Ella...

Esta vez nadie la interrumpió. Margaret se levantó y caminó hasta una cómoda. Cuando estaba nerviosa le costaba permanecer sentada. Era algo que había advertido ya en otras ocasiones. Comenzó a tocar mis figuras de porcelana.

— Ella pasa mucho tiempo sola. Necesita algo que la entretenga. Y creo que comenzó a preguntar sobre la desaparición de Lily por puro aburrimiento.

— Acaba de decir que está enferma —intervino Polrot—. ¿De qué padece, si me permite la indiscreción?

— Está delicada —dijo la señora Weaver, por toda explicación. Al ver que el detective la miraba fijamente, añadió—: De los pulmones.

— *Bon. Je comprends.*

Pero lo que Polrot había comprendido era que Margaret no quería hablar del tema. Por si no estuviese claro, su interlocutora decidió regresar al caso Rider.

— Lily Rider la tenía obsesionada. Claudia tenía una libreta llena de anotaciones y una pizarra en su cuarto con nombres, datos y flechas que unían unos nombres con otros. Todo tipo de información que yo nunca llegué a entender.

— Me encantaría visitar su casa y conocer a Claudia. Intercambiar información del caso.

Margaret dejó de tocar mis figuras de porcelana.

— El caso es que no sabemos nada de ella desde hace casi un día.

— ¿Y eso, *madame*?

— Bueno, ella tiene ya 19 años. No es una niña. Dijo que quería coger el tren por un asunto urgente. Discutió con su padre. Y se marchó ayer por la tarde. Me dijo que volvería antes de anochecer pero no lo ha hecho. Le voy a ser sincera: estoy algo preocupada.

— Por su enfermedad, supongo. ¿Cree que su hija podría haberse desmayado en plena calle o...?

— No, no es por su enfermedad, señor Polrot. No creo que se desmayase o que sufriese un colapso. Está algo mejor... Es... Es que ella es... Claudia es una persona cabal y juiciosa. Me habría llamado si hubiese decidido quedarse en un hotel a dormir. Nunca ha pasado la noche fuera de casa. Tiene pocos amigos, ¿sabe? Estamos aislados aquí en Styles Mansions. Todos nuestros conocidos viven en el sudoeste. Lo que ha pasado no es típico de ella. Pero mi marido ha dicho que esperemos hasta mañana por la mañana antes de dar parte a Scotland Yard. Como discutieron, tal vez Claudia quiere poner en su sitio a su padre. Ya sabe cómo son los jóvenes. Yo prefiero pensar que es algo sin importancia y he seguido con mi rutina. Por eso acogí de tan buena gana la oferta de la señora Darnes para tomar el té. Así me despejaba un poco, no sé si me entiende.

Héracles frunció el ceño.

— Entonces tal vez podría hablar con su marido. Mi intención es entrevistarme con todos los inquilinos de esta urbanización.

Margaret me miró, como pidiéndome ayuda. Decidí que, esta vez al menos, actuaría como una buena amiga:

— ¿Recuerda lo que antes hablamos, *monsieur* Polrot?

— ¿Antes, *madame* Darnes?

— Sobre lo de la necesidad de que yo le abriera puertas.

— Sí. Lo recuerdo. ¿Y esta puerta necesita ser abierta con más cuidado que otras?

— Exacto. Nathaniel Weaver es un hombre al que no le gustan demasiado las personas que no son... del lugar, de los contornos. Ya sabe.

— En especial, nunca le han gustado los franceses —terció Margaret—. Creo que durante la Gran Guerra su batallón no recibió a tiempo el apoyo de un contingente francés y provocó muchos muertos en su unidad. Él era por entonces médico militar y tuvo que ver caer a muchos compatriotas.

Polrot estiró la comisura de sus labios en algo parecido a una sonrisa.

— Entonces no hay problema. Yo no soy francés.

— ¿No?

— *Pas du tout*. Yo soy belga.

Esta vez fui yo la que sonrió al oír "Yo soy belga". Una frase que habría firmado el mismo Hércules Poirot.

— No creo que Nathaniel vea la diferencia —dijo Margaret.

— *Au contraire*. Si su esposo luchó en la Gran Guerra sabrá bien que belgas y franceses no somos la misma cosa. Se lo puedo asegurar.

— Además —intercedí, porque se me acababa de ocurrir una idea—, Nathaniel ha colaborado a menudo con Scotland Yard. Y el señor Polrot es un policía retirado. Tal vez podamos conseguir que se avengan tirando de ese hilo.

La señora Weaver meneó la cabeza, pensativa.

— Puede ser. Además, ahora mismo nos vendría bien su ayuda en el tema de Claudia. Mi marido sabe que pasa algo, aunque me diga que debo tranquilizarme. La presencia de otra persona con experiencia policial tal vez le ayude a tomar la decisión correcta: avisar a Scotland Yard de que nuestra hija ha desaparecido.

— Haré lo que esté en mi mano, *madame*.

Margaret parecía decidida.

— Con su permiso, me marcho ahora a mi casa a hacer los preparativos y a convencer a Nathaniel. Me gustaría invitarles a cenar esta noche. A las 19 horas y 15 minutos exactamente. A menos que no consiga que mi esposo dé su brazo a torcer. En cuyo caso les llamaría. ¿De acuerdo?

— Es usted muy amable —dijo Polrot.

— Déjame que te acompañe hasta el jardín —me ofrecí, cogiendo del brazo a mi amiga, sabiendo que le iba a costar convencer al bueno de Nathaniel de que un extranjero se sentase a su mesa.

Pero Margaret se detuvo en seco antes de llegar a la puerta. Se volvió y miró a Polrot.

— Hay una cosa que creo que debe saber. Si está investigando el caso Rider, es necesario que sepa algo que a muchos les costará reconocer. Pero de lo que todos somos conscientes en Styles Mansions.

— Dígame, *madame*.

— Lily Rider era un demonio: aunque solo tenía ocho años, era la niña más mala y más cruel que he visto en mi vida. Nadie la echó de menos cuando desapareció. Solo sus padres. Que Dios me perdone pero es la verdad. Solo la echaron de menos sus padres. El resto suspiramos aliviados.

CAPÍTULO 6

Una cena reveladora

La cena fue cordial. Las salchichas estaban buenísimas y el pescado era también excelente. La tarta de melaza, sin embargo, no me terminó de convencer. Margaret nunca ha sido una gran repostera. Se esfuerza, pero fracasa demasiado a menudo. Tanto que más de una vez ha acabado en el cubo de la basura algún postre que ha venido a traerme, a modo de degustación, en una de nuestra reuniones para tomar el té.

El coronel Weaver estuvo callado. Al menos de inicio. Comía frugalmente, a pequeños bocados, y miraba de reojo a su invitado extranjero.

— Hoy hizo un día maravilloso —dije, mediada la cena, tratando de romper el hielo.

El cielo había estado nublado. A ratos lloviznaba. Una de esas lluvias finas que, no sabes cómo, acaba calándote hasta los huesos a poco que te descuides.

— Un hermoso y típico día inglés —dijo Margaret.

Polrot comía también con mucha sobriedad, masticando lentamente cada bocado, especialmente el pastel de melaza. Observé que movía un pedazo de un lado a otro de su boca, intentando que aquel regusto como a madera vieja o madera con moho, lo que fuese, desapareciese de sus papilas gustativas.

— Una textura y un sabor inolvidables, *madame*.

— Oh, qué amables sus palabras. Le envolveré una ración generosa para que se la lleve a su casa.

Héracles palideció.

— Mil gracias.

— Una vez, durante la batalla del Somme, tenía tanta hambre que me comí un trozo de pan rancio, duro, que se había quedado caído durante semanas en el suelo de la despensa, detrás de unos maderos. Sabía mejor que los pasteles de mi Margaret.

Nathaniel Weaver dijo esto con gesto serio. Su esposa se acababa de marchar a la cocina para preparar la "ración generosa" de pastel de melaza que había prometido a su invitado.

— Bueno, tal vez no sea el mejor pastel que haya probado en mi vida, *monsieur* Weaver, pero...

— Ha sido usted muy amable al alabar el postre de mi mujer. Y muy hábil al hacerlo sin mentir. Ella pone mucho esfuerzo en mejorar sus habilidades. Es muy sensible a las críticas. Se lo agradezco.

— *De rien, monsieur* Weaver. *Avec plaisir.*

Nathaniel era un hombre muy alto, de porte marcial. Frunció los labios en un gesto característico cuando oyó a Polrot hablar en francés.

— Me han dicho que es usted belga.

— Así es.

— Un gran pueblo. No tengo nada en contra de los belgas.

— Me alegro de ello.

— ¿Le gusta el jerez?

— Con moderación.

— Eso mismo digo yo. Todo lo que a uno le gusta, debe tomarse con moderación. De lo contrario pasa a ser vicio.

Un par de minutos más tarde, estaban los dos hombres en unos sillones, degustando un licor y relamiéndose los labios. A mí me habían dejado de lado, como si no estuviese allí, y seguía sentada a la mesa delante de unos platos vacíos. Nathaniel era un hombre chapado a la antigua.

— No nos andemos con rodeos, señor Polrot. Dígame para qué ha venido a mi casa.

— ¿Su mujer no le ha dicho nada?

— Sí y no. Quiero oírlo de sus labios.

— *Bon*. Estoy investigando la desaparición de la pequeña de los Rider. Ahora mismo me encuentro de vacaciones en la que fue su casa familiar y dispongo de tiempo libre. Así que...

— Quiero la verdad. ¿Le han contratado los Rider?

Polrot no contestó inmediatamente. Se volvió para mirarme. No debía gustarle revelar todas sus cartas, incluidas las que me había ocultado hasta ahora.

— No directamente. La señora Rider falleció del corazón, de pena en realidad. Nunca superó la desaparición de su hija. El señor Rider agoniza. A través de gente de su confianza se pusieron en contacto conmigo. Querían una solución rápida y querían al mejor.

— ¿Y usted es el mejor?

— Sin duda.

El coronel Weaver contempló el color dorado de su copa.

— Ya veo. ¿Y qué quiere saber? Supongo que estará al tanto de que ayudé en la investigación inicial, hace dos años.

— Algo he oído. ¿En calidad de médico?

— No. En Bristol, donde antes vivíamos, ayudé a las fuerzas del orden en algunos casos, por así decirlo, complicados. Era amigo del superintendente. Ambos servimos juntos en la guerra. Mis conocimientos médicos ayudaron, no cabe duda, pero quiero creer que lo que resultaba más útil a los chicos de Scotland Yard era mi forma de razonar.

— Sus células grises —intervine, tratando de meter baza.

Polrot se volvió de nuevo para mirarme. No dijo nada. El Coronel Weaver ni siquiera giró la cabeza. Y prosiguió como si tal cosa.

— Aquí, en Styles Mansions, también ayudé cuando se produjo la desaparición de Lily. Acompañé a menudo al encargado de la investigación: McTavish, un hombre trabajador, íntegro. No demasiado brillante.

Nathaniel desgranaba argumentos con frialdad. No le importaba decir algo poco amable si pensaba que debía decirse. Era un hombre honesto e imparcial en un tiempo, el nuestro, donde esos valores no son tenidos en consideración. O eso pretendía que Polrot pensase y, para ello, había construido un personaje áspero, creíble.

— Espero que no le importe si pido información sobre su persona a mis amigos en la policía —añadió el Coronel—. Solo a título informativo.

— Creí que lo había hecho ya y que por eso había aceptado que nos reuniésemos para cenar.

Se hizo el silencio. Un silencio cómplice.

— Cierto. Algo me han dicho por teléfono. Pronto sabré más.

— ¿Y qué le han dicho de mí?

Nathaniel Weaver sacó una libreta de cuero. Y leyó lo que ponía de su puño y letra:

— Polrot, Héracles Amadeus: Hombre discreto, brillante, mantiene un perfil bajo para pasar desapercibido. Le conocen las personas que deben conocerlo y nadie más. Muy respetado pero me avisan que a veces actúa por su cuenta, sin el beneplácito de la policía. Minuta astronómica. Pocos se la pueden permitir, aunque a veces acepta casos estimulantes, por así decirlo, sin cobrar ni un solo penique —se detuvo y luego añadió—: ¿El caso Rider es uno de estos casos?

— No. Me temo que este es uno de esos que le han descrito como de "minuta astronómica".

— ¿Una pobre niña desaparecida no le estimuló lo suficiente como para hacer una de sus investigaciones de caridad?

— No las considero propiamente investigaciones caritativas. Si alguien no tiene dinero y la historia que me cuenta es realmente fascinante... a veces... solo a veces... hago una excepción. Pero el señor Rider tiene mucho dinero y poco tiempo para gastarlo. Así que este caso no ha entrado en absoluto en esa categoría especial que yo llamo excepciones que confirman la regla.

— ¿Y la historia que le han contado sobre los hechos acaecidos en Styles Mansions le ha parecido, hasta el momento, lo bastante fascinante? ¿O tampoco?

— *Il est encore trop tôt.* Aún es pronto. Apenas me he formado una impresión, *monsieur*.

— Entiendo.

El Coronel sirvió una segunda copa de jerez. Guardó la botella. Por lo visto, dos tragos era el máximo que le permitía su carácter.

— Bien, hablemos del caso Rider...

En ese momento hizo su aparición desde la cocina la señora Weaver. Llevaba envuelto en papel lo que debía ser al menos la mitad de un enorme pastel de melaza. Hasta había colocado una cuerda alrededor para que su invitado pudiese transportarlo cómodamente hasta su casa.

— Aquí tiene la ración generosa prometida.

— Oh, *madame*. ¡Creo que es incluso demasiado generosa!

— En absoluto. No todo el mundo disfruta como usted de mis postres. A veces recibo críticas no tan entusiastas.

Margaret nos miró: primero a mí, luego a su esposo. Ambos hicimos ver que no nos apercibíamos de nada y decidimos observar con súbito interés el enlosado.

— No me creo que reciba críticas negativas, *madame*.

— Y, sin embargo, es verdad. A veces no de forma abierta, pero me doy cuenta de las caras que ponen mis comensales. No lo entiendo. Fíjese que yo de joven quería tener una pastelería. Iba a ponerla junto a la tienda de comestibles de mi madre. ¿Recuerda que antes le hablé de ella? Incluso habíamos hecho planes. Pero un joven capitán llamado Nathaniel Weaver se cruzó en mi camino y todo cambió. Para bien, por supuesto. No me arrepiento de nada. Recuerdo que el día que lo conocí acababa de hacer un pastel de cerezas. Estaba caminando tranquilamente con mi amiga Ellen por las calles de Killinghall cuando un muchacho muy apuesto...

— Querida mía —la interrumpió el Coronel—, ¿no has contado esa historia bastantes veces ya?

— Puede ser. Pero el señor Polrot no la ha oído aún.

— Y, sin embargo, esta cena ha sido organizada para hablar del caso Rider.

— Soy consciente de ello. Pero pensé...

Margaret descifró el gesto adusto de su esposo. Supo que pensaba que ella, como siempre, estaba hablando demasiado. Se mordió los labios, contrariada. Era una mujer muy hermosa: rubia, alta, de brillantes y seductores ojos verdes. Pero tenía que luchar ante un mundo que a menudo la había considerado una bellísima carcasa vacía. A veces tenía la impresión de que su propio esposo estaba de acuerdo con esa cruel descripción de su persona.

— Podría irme al jardín con Miranda y pasear un rato mientras nos tomamos una limonada.

— Una idea estupenda.

— Yo me quedo aquí —me opuse. Y entonces señalé a Polrot—: Soy su Hastings.

— ¿Su qué? —repuso el Coronel.

Polrot decidió intervenir:

— *Madame* Darnes forma parte de la investigación. Ella me ayuda, me pone en contacto con la gente del lugar. Ya sabe. Trata de ser mi Cicerone en este caso.

— Miranda, podrías dedicarte a hacer punto si estás ociosa —me propuso entonces el Coronel—. Una investigación criminal no es lugar para una mujer. Hablaremos de cosas terribles y sin duda...

— Pese a todo me quedaré. Con su permiso, Coronel. El punto siempre se me ha dado fatal.

En Styles Mansions solo me tuteaba con los Weaver. Nathaniel se dio cuenta que había pasado al usted. Y lo interpretó como una forma de ironía, de marcar que no estaba a sus órdenes aunque él creyese que las mujeres debíamos estar supeditadas al macho de la especie. Se encogió de hombros y me respondió con similar ironía:

— Como quiera, queridísima señora Darnes.

— Precisamente, en este instante me ha sobrevenido una terrible jaqueca —dijo entonces la pobre Margaret—. Me retiro a mis habitaciones. Hoy me iré a dormir pronto.

Nathaniel y yo volvimos la cabeza y dejamos de mirarnos a la cara. Había cierta hostilidad entre nosotros. Aunque mi esposo y él habían sido grandes amigos, aunque Margaret y yo fuimos íntimas muchos años... el caso es que nunca nos habíamos caído bien y el último giro de los acontecimientos de aquella noche no iba a mejorar nuestra relación. Ni siquiera nos dimos cuenta de que Margaret se estaba marchando del comedor. El único que habló fue Héracles Amadeus Polrot:

— *Bonne nuit, madame* Weaver. Ha organizado usted una velada maravillosa.

CAPÍTULO 7

Una sobremesa aún más reveladora

— Bien, hablemos del caso Rider.

El Coronel Weaver decidió continuar la conversación exactamente en el mismo punto en el que se hallaba antes de que Margaret le interrumpiese, como si se hubiese tratado de una pausa provocada por el zumbido de una mosca. Uno se levanta, la espanta o la mata y sigue con sus cosas. Pero esta vez fue Polrot el que interrumpió aquella línea de razonamiento:

— Si me permite, Coronel, antes de llegar a la desaparición de Lily, querría comenzar por el principio.

— ¿No es la propia desaparición el principio de todo?

— *Mais non. Pas du tout.* El acto criminal es siempre un momento avanzado de la historia. A menudo el final, a veces el punto medio. Además, es una manía que arrastro de mis experiencias en la policía belga. Me gusta indagar en el pasado de las personas. El pasado arroja luz sobre el presente. ¿No es verdad?

— Si usted así lo cree.

— Lo creo. Lo creo firmemente. Y por ello querría ponerle una cuestión inicial. ¿Por qué Styles Mansions?

— No entiendo su pregunta.

— Vayamos unos años atrás. Usted y la señora Weaver viven en Bristol, en el sur. Están bien relacionados, tienen buenos amigos como el superintendente de la policía. Uno no se involucra en casos en Scotland Yard si no está bien visto en la comunidad y tiene relaciones más allá del superintendente. Pero, de pronto, un día, se marchan al otro lado del país, a una urbanización en construcción que, cuando llegan, está vacía. Son ustedes los únicos inquilinos. Su esposa me reveló hace unas horas que aquí están aislados, sin apenas relaciones sociales. Y por ello vuelvo a hacerle la misma pregunta: ¿Por qué Styles Mansions?

Nathaniel volvió a alzar su copa y la contempló. Se la bebió de un trago. Entonces abrió el mueble donde había guardado el jerez y se sirvió una tercera copa. La moderación de la que hacía gala había sido pospuesta.

— En circunstancias normales no le explicaría nada de todo esto. No es cosa suya. No es cosa de nadie y nada tiene que ver con la investigación. Pero como usted tiene el deber de sospechar de todo y de todos, le daré una breve explicación. Fue por Claudia.

— Su hija.

— Sí. Podría mentirle y explicarle que vinimos porque la familia de mi mujer es natural de los contornos o al menos de no muy lejos. Seguro que ya le habrá contado anécdotas de la vida rural y de la tienda de comestibles de su madre. Pero no vemos a sus familiares, la mayoría ancianos o ya fallecidos. Lo cierto es que el lugar fue la excusa, la verdadera razón fue Claudia.

Polrot se levantó y caminó hasta una cómoda cercana donde había unas pocas fotos familiares. Nathaniel y Margaret sonriendo en una estación de esquí. La pareja con su hija en aquel mismo salón comedor, todos muy serios y formales. Y luego dos fotos de Claudia, un primer plano riendo vestida con abrigo y bufanda, seguramente en la misma estación de esquí. Y sola, sonriendo a cámara, tímidamente, llevando sin mucha gracia un vestido verde y una estola de plumas muy exagerada, que le llegaba hasta la barbilla. No había ni una sola foto de Claudia cuando era niña.

— Fue por su enfermedad —concretó entonces Nathaniel Weaver—. Este clima sería para ella muy beneficioso. Eso nos dijeron. Margaret y yo consideramos que era una oportunidad que no debíamos rechazar.

— ¿De qué padece su hija?

— Del corazón.

— Del corazón, ¿está seguro? ¿No de los pulmones?

— Claro que estoy seguro. Y le pido que no ahonde más en este tema. Es algo doloroso de lo que no quiero hablar. Me gustaría que no insistiese en ello.

— *Pardon*, *monsieur*. No quería contrariarle. Hábleme ahora si lo desea de Lily Rider.

Los ojos de Nathaniel, parecían entelados, habían perdido el brillo sagaz de costumbre al pensar en Claudia. Pero se rehízo de inmediato.

— Lily, bien... No sé si mi mujer o la señora Darnes le han dicho algo al respecto.

— *Madame* Darnes se mantiene en segundo plano, ciñéndose a un papel de Cicerone poco comunicativo. Me conduce en su papel de guía pero en silencio, sin revelarme gran cosa o solo lo que ella estima oportuno. Pero *madame* Weaver me dijo algo muy curioso sobre Lily: que era una niña malvada y que nadie la echó de menos, aparte de su familia, claro.

— No sé si la palabra malvada sería exacta, pero no es una descripción demasiado errada.

— Explíquese, por favor.

— No es fácil exponer la cuestión de una forma clara. Tal vez la forma más sencilla de que se haga una idea es decirle que este lugar es muy aburrido. Campos por doquier y las montañas Hill Moor a nuestro alrededor, ninguna ciudad importante en kilómetros a la redonda. Ni siquiera un pueblo cerca para acudir en bicicleta dando un paseo. Así que los niños se aburren. Los mayores también, claro, pero aguantamos mejor la soledad o una vida con pocos estímulos. Pero las almas jóvenes necesitan acción.

«Los hijos de la señora Darnes juegan a todas horas, se suben a los árboles, rompen cosas y hacen todo tipo de trastadas propias de su edad. La pequeña Marcia O'Connor pinta, siempre está pintando unos cuadros horrorosos de flores y manos entrelazadas, pero al menos no hace daño a nadie. Mi hija, aunque mayor que el resto, también se aburría, acaso más por ser ya una adolescente. Le dio por investigar, primero la historia de los pueblos y ciudades circundantes, de Harrogate y de medio Yorkshire. Hasta que comenzó a investigar nuestra propia urbanización. Tiene mis genes. Le gustan los misterios.

— Sobre el tema de las investigaciones de su hija, querría saber si podría usted mostrarme...

— Por último —le interrumpió el Coronel, tratando de esquivar una vez más el tema de Claudia— nos queda Lily Rider. Creo que también le gustaban los misterios. Pero de otro tipo. Le gustaba descubrir cosas para hacer daño. Tal vez por ser la más pequeña, por no tener el físico ni la voluntad de jugar a cosas de chicos con los Darnes. O el interés por las artes de Marcia. El caso es que no tenía con quien intimar. No caía bien a nadie. Era menuda, con voz de pito, mandona pero sin nadie a quien mandar. La veíamos vagar sola por las calles dando patadas a las piedras y hablando sola.

— Solo era una niña enfadada con el mundo. No era realmente mala —dije, rompiendo mi silencio.

— Tal vez, Miranda. Pero el caso es que se dedicaba a observarnos. Si alguno de nosotros hacía algo mal le faltaba tiempo para decírselo a su vecino y viceversa. Yo, en una ocasión, rompí el faro derecho del coche de unos amigos de los Rider que estaban de visita. Un descuido al pasar, creo que tropecé y lo golpeé con mi bastón. John y sus amigos tenían la música muy alta. No respondieron cuando llamé al timbre. Decidí que ya se lo explicaría por la tarde. Cuando me presenté, Lily estaba allí explicando la ridícula historia de que yo había golpeado el coche a propósito y que estaba siempre mirando a la señora Rider. Que por eso estaba enfadado, porque la amaba en secreto.

— Charlie, mi perrito, estaba muy enfermo desde hacía años —intervine—. Aguantó como un campeón hasta que el tumor se lo llevó ayer. El caso es que era muy viejo y se hacía las necesidades en medio de la calle, donde fuera. Aquí somos muy cuidadosos con ese tema. Ninguno tenemos animales de granja y acordamos tener las calles limpias.

— Un día Lily se presentó en mi casa —prosiguió el Coronel—. Me dijo que Miranda Weaver esperaba a que su perro defecase y luego lanzaba las deposiciones a las ventanas de mi planta baja. Y en efecto, allí estaban, pegadas al cristal. Estoy convencido que cuando vio que el bulldog de Miranda hacía sus necesidades delante de mi casa y ella no las recogía, contraviniendo lo que la comunidad había pactado, la niña retiró lo que el perro había expulsado y lo depositó en mi ventana personalmente. Así era Lily Rider. Alguien que no solo hurgaba en nuestros pequeños yerros y defectos sino que los amplificaba, tratando de que todos fuésemos tan desgraciados como lo era ella.

— Solo era una fase —expliqué entonces a Polrot—. Yo la traté bastante. Ella era un ángel por naturaleza. Se le habría pasado cuando hubiese encontrado un hobby, un pasatiempo que la llenase. ¡Tenía ocho años, por Dios! Si no hubiese desaparecido la habríamos visto al poco tiempo coleccionando sellos y cazando mariposas. O pintando con Marcia.

Polrot avanzó desde la cómoda al sillón donde se hallaba al Coronel. Y dijo:

— Creo que me he hecho una idea del asunto. ¿Podría hablarme ahora de la investigación?

— Poco hay que decir. La niña se evaporó, literalmente. Removimos cielo y tierra. Dentro y fuera de las casas, los coches, las propiedades, los montes cercanos. Nada.

— He oído que el vigilante, Raymond Knowles, fue sospechoso un tiempo.

— Eso fue cosa del inspector jefe McTavish. Ya le he dicho que era voluntarioso pero no demasiado brillante. La niña no podía haberse volatilizado en el aire, luego debía ser alguien de la urbanización. La idea de que un coche desconocido o que alguien a pie se aventurase en un lugar tan poco concurrido, en pleno día, se llevase a la niña en cuestión de esos pocos segundos que la madre no estuvo mirando, y se alejase sin ser visto... nunca nos pareció creíble. Y si era alguien de la urbanización tenía que ser Knowles, que estuvo preso por pelearse en una taberna hace unos años.

McTavish fue a lo seguro, a lo fácil. Creo que para evitar que sus superiores pensasen que no hacía nada. Pero soltaron al muchacho al poco tiempo. Nunca hubo nada sólido contra él. Ni contra nadie. Además, llegó un momento en que se llegó a la conclusión de que...

El señor Weaver calló. Parecía no tener claro cómo explicar lo que seguía. Polrot quiso echarle una mano:

— Supongo que me va a explicar por qué se ha dejado de investigar el caso. Una desaparición en un lugar tan pequeño no es algo menor. Y habiendo tan pocos sospechosos, todavía es más extraño que no se actuase contra nadie. Si no se hizo quizá se debiera a que la policía creía saber la identidad del culpable, pero no sabía cómo probarlo.

— La propia declaración de la madre de la niña puso a los Rider en el ojo del huracán, por así decirlo. Afirmaba que solo perdió de vista a la niña unos segundos, menos de un minuto. No oyó ningún vehículo. Luego la niña solo pudo alejarse un centenar de metros. ¿A dónde podía ir? Apenas había tiempo para ir a la casa de cualquier vecino aunque fuese corriendo. Al final, McTavish llegó a la conclusión que los culpables solo podían ser los Rider.

— ¿El padre o la madre? ¿O ambos?

— El padre. ¿No le han dicho nada los que le contrataron?

— John Rider, por lo que me han explicado, piensa que la investigación estuvo viciada desde el inicio. Pidió expresamente que no se me adelantase ningún detalle del caso para que no incurriese en los errores del pasado.

— Tal vez sea una buena decisión. Pero sea como fuere había una pista que señalaba al padre. John tenía una amante. No era del dominio público pero algunos lo sabíamos. Yo incluido. Lily, su hija, se enteró, vete a saber cómo. Y le faltó tiempo para informar a la madre, para decirle que los había visto besándose en la casa y otras de esas mentiras con las que adornaba la verdad.

— Por su gesto, me parece que la teoría del padre no le convencía.

El Coronel asintió.

— Fiona Rider lo sabía todo. Conocía desde siempre el *affaire* de su esposo. Cuando Lily habló con ella no hubo revuelo en casa. Solo tristeza porque hasta su hija pequeña conociese aquella indiscreción. John pasaba la mayor parte de su tiempo libre con su amante en Leeds. Y bueno, cada pareja es un mundo. Y cada trío también. Yo no seré quien los juzgue por ello. Por lo visto, la relación de John con aquella mujer de Leeds databa de mucho tiempo atrás, más de diez años. Era algo asentado, reconocido y superado, si es que Fiona tuvo alguna vez algo que superar. Por lo que la idea de que John le hiciese daño a su propia hija por ese asunto me parece una completa estupidez.

— Pero no le pareció así a Scotland Yard.

— John Rider tenía motivo y oportunidad. Suelen ser razones muy poderosas para un detective. La estrechez de miras de los que llevaban la investigación terminó de encajar las piezas. Además, el resto de miembros de esta comunidad tenía móviles para atacar a Lily aún más endebles: ¿suciedad en una ventana? ¿Un faro roto? Nadie secuestra a una niña por esas naderías.

— A menos que Lily, en su incansable afán por molestar a los habitantes de Styles Mansions, hallase un secreto aún más grande que la infidelidad de John Rider.

— Supongo que eso es posible. Sí, sí que lo es. Pero, ¿qué es lo que descubrió?

De pronto, sonó el teléfono. Un pitido estridente que hizo que el Coronel Weaver diese un bote en su sillón. Casi a la carrera, fue al pasillo a coger el aparato:

— Sí, soy yo. Dígame lo que sepa.

El Coronel bajó el tono de voz y no pudimos oír nada más. Polrot seguía de pie. Había regresado junto a las fotos familiares de los Weaver.

— Me estoy haciendo poco a poco una visión de conjunto —me reveló Polrot—. Fiona Weaver debió morir de pena. John, antes de reunirse con su esposa, quiere saber la verdad y quedar libre de toda sospecha. Son inocentes. Estoy convencido de ello. Nadie se muere de pena cuando tiene las manos manchadas de sangre. Aunque sea la de tu propia hija. Es el no saber la verdad, la impotencia, la rabia... lo que te mata.

— Debió contarme todo eso antes, *monsieur* Polrot. Recuerde que me dijo que estaba aquí de vacaciones.

— El Coronel ha explicado que prefiero mantener un perfil bajo. Es la verdad. Mejor contar lo menos posible a contar demasiado. En lo primero siempre estamos a tiempo de rectificar. Cuando hemos dicho de más la rectificación es imposible.

Tenía razón, como siempre.

— Solo tengo una duda, *monsieur* Polrot. Espero que pueda solventarla.

— Dígame, *madame*.

— ¿De verdad no tiene ningún trato con John Rider? ¿De verdad le alquilaron Rider House y le encargaron esta investigación gente de su confianza?

Polrot compuso una mueca traviesa. No dijo nada. Acaso porque no tuvo oportunidad. El Coronel regresó en ese instante.

— Estoy preocupado, señor Polrot. Desde hace más de un día no hay noticias de mi hija —miró su reloj—. Ahora mismo se cumplen 26 horas de su desaparición.

— Algo me comentó su esposa. También me dijo que discutieron antes de que se fuese.

El Coronel soltó un rugido.

— ¡Esa mujer habla demasiado!

— Sin embargo, me gustaría saber de qué discutieron.

— Yo no quería que cogiese el tren, sencillamente. Está enferma y prefiero que esté a salvo en esta urbanización.

— ¿Solo por eso?

— ¿Acaso debería haber algo más?

Recordé que Margaret había revelado que su hija debía acudir a alguna parte por un asunto urgente. Pero no había dicho cuál ni qué tipo de asunto. Polrot debió recordar el mismo comentario, porque dijo:

— ¿A dónde fue y por qué corría prisa?

— Días atrás me comunicó que quería marchar a Harrogate. Se lo prohibí. Pero a las pocas horas me informó que lo tenía decidido y me especificó que quería ir algo más lejos, hasta Bilton. No me dijo la causa, pero tenía que ver con su última investigación.

Al oír la palabra "Bilton" me sobresalté hasta tal punto que casi me caí de la silla. Polrot me miró de reojo y dijo al Coronel:

— Y esa investigación era precisamente la desaparición de Lily.

— Sí, he de confesar que llevaba un mes con eso. Por puro aburrimiento, ya se lo he dicho. Es una chica joven y su enfermedad le impide tener relaciones sociales en una época de la vida donde todos las necesitamos. Así que se convirtió en una especie de detective aficionada.

— ¿Y descubrió algo?

— No lo sé. No me dijo nada. Pero en los últimos días estaba muy nerviosa. Me dijo que cogería el tren con o sin mi beneplácito. Que creía que había descubierto algo muy importante. Borró la pizarra que tenía en su habitación con un diagrama del caso y de los sospechosos. Cogió todos los papeles que había reunido y se los llevó.

— Era como si tuviese miedo de que alguien pudiera sustraerlos, est évidente.

— Eso me pareció. Aunque creí que era pura paranoia, exceso de celo, no sé si me entiende. Sea como fuere, me juró que regresaría por la noche. Pero no lo hizo. Y hoy tampoco ha aparecido. Nadie la ha visto en la estación de Harrogate donde se detuvo. Amigos míos de la policía, aún de forma extraoficial, han hecho preguntas. Y Claudia llama mucho la atención. Si hubiese pasado por Harrogate, la gente la recordaría.

Héracles Amadeus Polrot alzó la cabeza. Su cuerpo vibró como si un rayo lo hubiese atravesado, como si de súbito hubiese comprendido algo decisivo y las piezas de un puzzle imaginario comenzasen a encajar violentamente.

— *Monsieur* Weaver, le aconsejo que ponga una denuncia inmediatamente.

— Aún es pronto. Aunque me prometió regresar en el mismo día, Claudia cogió algo de dinero por si tenía que quedarse en un Hotel. Es una muchacha muy previsora. Tal vez está al llegar ahora mismo. A veces soy demasiado protector con ella, pero quiero darle un voto de confianza. Mis amigos van a preguntar en la estación, a ver si alguien la recuerda cogiendo el autobús de Harrogate a Bilton. Y luego irán a la ciudad para ver si alguien...

— No, no me ha entendido, *monsieur*. Hace un momento, mientras usted hablaba por teléfono, le he dicho a *madame* Darnes que comenzaba a tener una visión de conjunto del caso. Así es, comienzo a comprender la naturaleza mismo. *Et bien*, precisamente por eso, le digo que creo que su hija podría estar enfrentando un gran peligro. Algo terrible puede estar a punto de pasarle. Vaya a usted a una comisaría de policía y denuncie su desaparición. Ponga a girar las ruedas de la justicia. ¡Inmediatamente!

Pero Polrot se equivocaba. A Claudia no estaba a punto de pasarle algo terrible. A Claudia no le podía pasar nada peor ni más terrible de lo que ya le había pasado.

CAPÍTULO 8

Se acaba el primer día de la investigación

Salimos por el jardín trasero y regresamos a casa por el camino vecinal. Era una sencilla vereda que transitaba en línea recta más allá de los límites de las casas de la urbanización. Al otro lado comenzaba una tupida arboleda y tras ella la montaña de Hill Moor, retorciéndose lentamente camino de unas cumbres nevadas.

— ¿Quién está cuidando de sus hijos, *madame*?

— Bedelia. La institutriz de los O'Connor. Era su tarde libre y pensaba pasarla retozando con el señor Knowles. Ya sabe, el vigilante. Pero yo sabía que esa mujer no podría rechazar un buen fajo de billetes. Así que ahora está con mis hijos, tratando de lidiar con ellos. Siempre acaba de los nervios, la pobrecilla.

Dije esto último sin poder disimular una sonrisa. Polrot me miró sorprendido.

— Me extraña que sea tan cruel con la institutriz de los O'Connor.

— A usted tampoco le gustaría si la conociera. Ni siquiera es una verdadera institutriz. Es demasiado tonta y no tiene estudios. No es más que una criada, una chica para todo. Pero insiste en que la llamemos institutriz porque es una mujer pomposa que quiere aparentar. Los O'Connor no podrían pagar el sueldo de una verdadera institutriz. Aquí nadie tiene servicio. No somos gente rica. Hace años que ni siquiera pagamos al vigilante, que al menos se ahorra el alquiler y se las apaña como puede. Por aquí, dinero solo lo tenían los Rider. El resto llegamos a fin de mes con lo justo. Bedelia se aprovecha de ello para fingirse una santa, hacer pequeños favores a los vecinos para luego poder mirarnos por encima del hombro. Como el de llevar a mis hijos al colegio. Pero créame, no es ninguna santa. Y no es de fiar.

— Entiendo. Poca gente es de fiar hoy en día.

Por su tono me pareció que no estaba hablando de Bedelia. Aquello me ofendió. Yo estaba ayudándole en todo lo que estaba en mi mano. Ojalá él pudiera entenderlo.

— ¿Es cierto que comienza a hacerse una idea de lo que pasó? —le pregunté, más que nada para cambiar de tema.

— No. Le dije que empezaba a tener una visión de conjunto, una sospecha de cuál es la verdadera esencia de este caso.

— ¿Y cuál es la esencia?

Llegamos a la entrada de mi jardín y dimos la vuelta a la casa hasta llegar a la parte delantera. Un día atrás, estaba enterrando a mi pequeño bulldog cuando un policía belga retirado apareció de la nada. Parecía que había pasado un siglo.

— La esencia es la mentira, *madame* Darnes. Más exactamente la ocultación, el encubrimiento.

— ¿El encubrimiento?

— *Précisément*. Si quiere le enumero dos de mis dudas sobre el caso, aquellos encubrimientos que llaman mi atención.

— Por favor.

Polrot pareció sobresaltarse. Miró hacia el otro lado del muro, justo donde se hallaba un día atrás cuando escuchó a una voz monstruosa, demoníaca, gritar: "¿Qué vas a hacer?". Luego, subiendo un poco el tono de su voz, dijo:

— Uno. Usted, *madame* Darnes. Me oculta información. Como la identidad de aquel que sospecha que es el asesino.

— Ya le dije...

— Me dijo una sarta de medias verdades y mentiras por omisión. Pero luego he visto que me oculta muchas cosas más, *madame*, como la razón por la que realmente detesta a la institutriz de los O'Connor. O la razón por la que casi se desmaya cuando escuchó que Claudia Weaver se dirigía a la ciudad de Bilton (no le he preguntado al respecto porque sabía que no iba a sacarle una palabra). O como es posible que, temiendo por su vida, corra el riesgo de quedarse en Styles Mansions durante esta investigación. Oí que le decía a su hijo pequeño que debía ser fuerte si le pasaba algo. Si yo estuviese al cargo de dos niños y temiese por mi integridad física, huiría a casa de un familiar, a un hotel… donde fuese. Pero usted asume ese riesgo por razones que también me oculta. Y la lista de omisiones sigue, pero no quiero aburrirla.

No dije nada. Me limité a permanecer cabizbaja.

— Dos. Los Weaver. Que me ocultan la razón por la que dicen que Lily era supuestamente tan mala y tan odiosa. En palabras de *madame* Weaver era la niña más mala y más cruel que ha visto en su vida. Nadie la echó de menos cuando desapareció, añadió. ¿Y todo eso por qué? ¿Por las deposiciones de un de perro arrojadas a una ventana? ¿Por un faro de coche roto y un rumor absurdo sobre una infidelidad inventada? ¿Por una infidelidad real que no era tal pues en la casa de los Rider aquello era aceptado y tolerado? Demasiado poco y demasiado banal. Travesuras infantiles y no una niña realmente peligrosa para nadie. Al menos por lo que se nos ha contado.

— Ya le he expresado mi opinión sobre el asunto. Lily pasaba por una fase. Era una buena niña en el fondo.

— Todavía no sé nada sobre Lily porque lo que me han contado está lleno de medias verdades, como todo lo demás. Y voy a añadir una tercera duda. Es sobre Claudia. No tanto sobre lo que le ha pasado, que aún ignoro, aunque tenga un mal presentimiento, basado sobre todo en que borrara todas las pruebas de su propia investigación. Como si tuviera miedo de alguien.

— ¿Cuál es esa tercera duda?

— Sencillamente me pregunto por qué el Coronel Weaver cree que todo el mundo recordaría a su hija de haber ella pasado por la estación de Harrogate. No es Leeds pero se trata de una estación importante. Centenares, tal vez un millar de personas entran y salen todos los días de ella. O más. Pero su padre está convencido de que llamaría la atención. Claudia es una mujer morena, de estatura y complexión normales, ni guapa ni fea, que no llama en absoluto la atención. He mirado con cuidado las fotos familiares, ¿recuerda?

— En ese punto no puedo ayudarle. Y le prometo que no le oculto nada esta vez. Claudia es una chica normal. Muy reservada, muy introvertida. La he visto pocas veces a pesar de que hace más de diez años que la conozco. Un saludo a lo lejos y poco más. No entiendo por qué su padre cree que resaltaría entre la multitud.

— Y también me pregunto por qué vinieron realmente los Weaver desde Bristol al norte. Si fue por la enfermedad de Claudia y si su enfermedad es real o imaginaria. ¿Está enferma del corazón o los pulmones? Los padres se contradicen y supongo que usted, *madame*, tampoco lo sabe.

— Nunca hablan del tema. Es algo tabú para ellos. Me sorprendió que Nathaniel se sincerase con usted, aunque al final no le dijera gran cosa.

— Pues ya ve. Las únicas personas que he conocido hasta ahora en Styles Mansions me ocultan cosas, encubren la verdad con un sinnúmero de omisiones y de fingimientos, cuando no directamente mentiras. Y mi deber a partir de ahora es descubrir lo que no quieren mostrarme. Cuando lo haya hecho podré ver claro. Y cuando vea claro, la solución del enigma de la desaparición de Lily Rider surgirá de las tinieblas para ser expuesta a la luz.

Polrot se despidió tocando la punta de su fedora blanca.

— Me voy a pasear 44 minutos y 4 segundos, exactamente.

Se detuvo y me miró.

— Siempre que un enigma me sobrepasa dejo pasar ese tiempo antes de retomarlo. Juego al ajedrez, trabajo en el jardín, ordeno la casa o paseo contemplando la naturaleza. Al cabo, cuando regreso al enigma, lo afronto desde una nueva perspectiva. A menudo la perspectiva que me abre el camino hacia la resolución del caso.

Le vi alejarse. Comprendí de pronto que Héracles, fuese o no el verdadero Hércules Poirot, era un hombre extraordinario. Buscaba una perfección imposible. Dudaba de todo, del más mínimo detalle, para hallar la naturaleza secreta del enigma al que se enfrentaba. Era consciente de que no alcanzaría la perfección, el conocimiento absoluto, de que la investigación no tenía final. Pero sabía que, cuando conociese lo suficiente, el culpable terminaría por desvelarse. Y los pequeños detalles sobrantes ya no tendrían importancia.

Odiaba tener que ocultarle tantas cosas y alejarle de esa perfección y conocimiento anhelados. Odiaba que no me considerase su amiga, su confidente o su Hastings por esas omisiones que me había echado en cara y que Polrot no era capaz de comprender cuán necesarias eran.

Entré en mi casa pensando en el detective. Sin apenas reparar en su presencia, pagué a Bedelia y comencé a subir las escalera hacia la segunda planta.

— Los niños están ya dormidos, señora Darnes.

— Adiós. Gracias.

No suelo ser tan hosca ni siquiera con la señorita Hopper. Pero el final de mi diálogo con Polrot me había incomodado. Me había hecho sentir culpable y esa es una sensación que odio. Yo soy una buena persona. Saqué el colgante con la efigie de Nuestra Señora y lo besé repetidamente.

Subí a la habitación de los niños. Como era de esperar, no estaban dormidos. Bedelia era una idiota.

— Dejad de reír y cerrad los ojos.

— Jacob me está contando un chiste, mamá.

— Theo, ya vale de chistes. A dormir.

Me asomé a la ventana de su habitación. Daba a la avenida principal. Polrot, que caminaba lentamente hacia la falda de la montaña Hill Moor, donde acababa Styles Mansions, fue alcanzado por Bedelia, que corría como loca a ver a su amante.

— ¿Me habéis hecho caso y jugasteis afuera? Sabéis que no me gusta que estéis siempre en el sótano.

— Jugamos afuera —dijo Jacob.

— ¿Es eso verdad?

— No —reconoció Theo.

Y se echaron los dos a reír.

En la calle, Polrot saludaba en ese preciso instante a Bedelia. Por un momento, tuve miedo de que la interrogara sobre el caso. Quería estar presente en cada paso que diera el detective. No quería que se equivocase de asesino, que el monstruo quedase impune y que todo mi esfuerzo fuera en vano. Yo tenía aún dudas sobre el verdadero culpable, aunque muy pocas. Y necesitaba a Polrot para solventarlas. Otra razón para estar a su lado siempre que hablase con alguien de nuestra urbanización.

Pero Polrot era un hombre metódico. Había dicho que pasaría 44 minutos y 4 segundos alejado del enigma de Lily Rider y eso hizo. Luego de saludar a la señorita Hopper ambos siguieron su camino. Llegué a ver cómo Bedelia se echaba en brazos de un hombre. La casa de Raymond Knowles era la última, justo al pie de la falda de Hill Moor, bajo un gran muro rocoso. El hombre que la besaba solo podía ser el vigilante.

Iba a abandonar la habitación cuando me di cuenta de que Polrot se había detenido y me estaba mirando. Observaba sin disimulo en mi dirección, hacia esa cotilla (debía pensar) que vigilaba los movimientos de todos desde su pequeña atalaya. Algo, una idea, le había hecho abandonar su ostracismo de algo más de 44 minutos.

Pasé las cortinas y bajé las escaleras a toda prisa. Las manos me temblaban, estaba a punto de tener una crisis de nervios. Estaba soportando demasiada presión. No sabía si sería capaz de aguantar mucho más. Caminé hasta el armario de los licores y me puse de puntillas. Em la parte superior, invisible para mis hijos, había un estuche de madera. La bajé y comprobé que la pistola de Roger estaba en su sitio. Era mi última baza. En caso de que todo saliese mal, se la daría a alguien y confiaría en que hiciese lo correcto. Pero aún faltaba mucho para tener que tomar una decisión tan drástica.

Así que devolví la caja a su lugar. La coloqué aún más al fondo, casi tocando la pared.

Agotada, tomé asiento en mi sillón, delante de la chimenea.

Solo entonces dejé de fingir y me eché a llorar.

LIBRO SEGUNDO

2 DE DICIEMBRE DE 1926

(Jueves: dos días atrás)

CAPÍTULO 9:

El mejor perro del mundo

Poco después de amanecer llegó la placa para mi perro Charlie. El marmolista se había dado prisa y, a pesar de que vivíamos en la montaña, la trasladaron con diligencia y me la colocaron en el jardín antes incluso de que se despertaran los niños.

— Aquí plantaré otro parterre de begonias —informé al transportista, un hombre fornido y taciturno que exhibió una sonrisa vacía.

Quería que la tumba de mi pequeño bulldog pareciera un vergel. Me había acompañado desde que tenía treinta y dos años, antes incluso de casarme, antes incluso de conocer a Roger. 18 largos años.

Miré la lápida de piedra. La inscripción había quedado bien centrada y se veía reluciente: "Aquí yace un ángel", decía, sencillamente. Eso le habría gustado a mi pequeño. Charlie fue mi mejor amigo y se merecía, por tanto, lo mejor. Era lo justo.

Aquellas primeras horas de la mañana discurrieron de la forma habitual. Bedelia vino a buscar a mis hijos. Traté de ser más amable que el día anterior, más que nada por ellos, y hasta la saludé mientras se alejaba en el coche de los O'Connor. Entonces puse en marcha mi plan.

— Polrot llegará en media hora. Si me doy prisa puedo lograrlo —me dije.

Y salí a la carrera hacia la casa de mis vecinos: los O'Connor. Era la más alta de todas, aunque no la mejor cuidada. Hacía tiempo que no venía ningún jardinero y la vegetación comenzaba a devorarlo todo. Pasé un muro cubierto de enredaderas y llegué a la puerta del estudio de Shaun O'Connor. Llamé con los nudillos.

— ¿Sí? ¿Quién es?

Reminiscencia de sus tiempos de vicario en Irlanda, Shaun tenía una pequeña vivienda anexa a la principal. Allí, en su estudio, pasaba la mayor parte del tiempo. Aunque nunca había tenido mucho trato con los O'Connor, sabía que se pasaba el día rodeado de libros, estudiando, escribiendo. Era una especie de erudito, o eso daba a entender.

— Soy yo, Miranda.

La puerta se abrió.

— Oh, es usted, señora Darnes. Pase, pase.

Me sirvió una taza de té.

— ¿Y a qué debo su visita? ¿No le acompaña ese europeo que está investigando la desaparición de la pequeña Lily?

— Veo que las noticias no han tardado en llegar.

— Este es un sitio pequeño. Desde la marcha de los Rider somos tres familias solamente, aparte del guarda. Aquí todo se sabe al momento de suceder.

— Es posible. De todas formas, *monsieur* Polrot vendrá luego a hablar con usted. Yo estoy aquí por un asunto personal, una pregunta técnica sobre temas religiosos, que son su especialidad.

— Bueno, no crea que soy verdaderamente un especialista. Apenas un estudioso menor en un campo casi infinito.

Eché una mirada en derredor. Su estudio estaba lleno de estantes preñados de libros antiguos, polvorientos. No parecía que se tratase de un estudioso "menor". Pero en cualquier caso, necesitaba su ayuda.

— Querría saber si un padre que ha causado la muerte de su hijo puede ir al Paraíso.

Aquella pregunta dejó atónito a Shaun O'Connor, que abrió la boca un par de veces antes de contestar:

— No entiendo.

— Si un padre causa la muerte a su hijo, por la razón que fuera, ¿podría...?

— He entendido sus palabras. Lo que no entiendo es por qué me pregunta una cosa así. Y más en un momento como este, ahora que se está investigando de nuevo la desaparición de Lily Rider. ¿Está su pregunta relacionada con el caso?

— Sí, pero eso es lo de menos.

Shaun meneó con la cabeza, contrariado. Era una persona enérgica, que defendía con fuerza sus convicciones y no se doblegaba fácilmente.

— ¿Piensa usted que los padres de Lily causaron su muerte? Conocí a John y me pareció un hombre excelente. La madre, ¡usted cree que fue la madre! Fiona le dio una paliza y se le fue la mano. ¿Es eso?

— No voy a entrar en detalles, señor O'Connor. Solo quiero una respuesta.

— ¡Solo quiere una respuesta! Es imposible responder a una cuestión así. Me pregunta si un padre que asesina a su hijo puede ir al Cielo. La respuesta es: espero que no.

— ¿Y si se tratase de una muerte accidental? Provocada por su negligencia pero accidental.

Shaun meneó la cabeza. Era un hombre ya mayor, pasaría de los 60 años, y estaba casi completamente calvo. No tenía buen aspecto: muy delgado, rostro demacrado, con los ojos hundidos. Una de esas personas que parecen enfermas aunque no lo estén.

— Así que usted sospecha que Fiona Rider le dio de golpes a su hija y la mató accidentalmente. Se cayó al suelo y se golpeó la cabeza. No me gustó nunca esa mujer. Pegar a una hija en público. A saber lo que haría en privado.

— Deje de especular. ¿Iría al cielo un padre o una madre que matase por accidente a su hijo?

— Debí denunciarla yo mismo cuando vi que la pegaba de esa manera. Pero claro, la policía no se mete en esos asuntos. Y yo no quería que metiesen las narices tampoco en los míos. Así que...

— Señor O'Connor, la madre de Lily era una persona terrible, en eso estamos todos de acuerdo. Pero me gustaría que respondiese.

— ¿Por qué se preocupa por el alma inmortal de Fiona Rider? ¡Está muerta! Y si mató a su hija espero que vaya de cabeza al infierno.

— Por favor, no me haga preguntárselo de nuevo.

Los ojos del antiguo vicario centellearon.

— Dios es misericordioso. Todos podemos redimirnos. Un padre que matase a un hijo voluntariamente estoy seguro de que, como acabo de decir, iría de cabeza al infierno. O al menos así debería ser. ¿Una muerte accidental? ¿Una muerte negligente? Todos cometemos errores, grandes y pequeños. Supongo que nada es imposible. Tal vez tendría que pasar por el Purgatorio, tal vez ni eso, si el resto de su vida había sido virtuosa... Todo es mera especulación. No se puede condenar eternamente a alguien por un error involuntario.

Aquello era lo que quería oír.

— Gracias, señor O'Connor.

Me levanté. Añadí:

— Perdone, pero tengo prisa. Dentro de un rato vendré con *monsieur* Polrot. Él sin duda le hará algunas preguntas. También a su mujer.

— Debería decírselo al señor Polrot.

— ¿El qué?

— Sus sospechas acerca de que Fiona Rider mató a su hija accidentalmente.

— Le prohíbo a usted que cuente nada de lo que hemos hablado.

Shaun enarcó las cejas, sorprendido.

— ¿Usted me lo prohíbe?

— Lo que le he contado era secreto de confesión.

— ¿Qué confesión? Ya no soy vicario y no hemos hablado en ningún momento de confesión. Me ha planteado una duda teológica. Le explicaré al detective lo que me plazca.

Di un paso al frente.

— No, no lo hará. Porque si le cuenta algo yo le contaré que le vi discutir el otro día con Claudia Weaver.

Shaun palideció.

— No sé a qué se refier...

— Recuerde que su muro este toca con el mío. Oí que la muchacha le decía que conocía su secreto, que sabía que había mentido a la policía y que estaba en la urbanización cuando Lily desapareció. Y ahora la propia Claudia ha desaparecido. Estoy seguro de que no tiene ganas de que le cuente todo esto a *monsieur* Polrot o, mejor, a la policía que está buscando a Claudia.

— No entiendo por qué quiere proteger a los Rider.

Me di la vuelta. Aquel hombre me enervaba. Pero al menos había tranquilizado mi conciencia.

— Usted no sabe nada de mis secretos. No se meta donde no le llaman y yo no lo haré con los suyos.

CAPÍTULO 10:

Effie O'Connor

— Aquí mismo fue donde oí aquella voz terrible, *terrifiante*, decir "Y ahora, maldita idiota, ¿qué vas a hacer?". ¿Recuerda, *madame*?

Polrot se hallaba delante de la puerta de mi jardín delantero. Habíamos llegado en el mismo instante, yo atravesando la casa desde la entrada trasera, él desde la vivienda de los Rider, avanzando sin prisas, como si tuviera todo el tiempo del mundo.

— Casi se me había olvidado.

— Ayer fui poco profesional sobre este asunto. No hice preguntas sobre esa voz *diabolique*. Hoy subsanaré ese error.

— Solo era alguien hablando, pronunciando una frase que tal vez oímos solo parcialmente, fuera de contexto. ¿Qué importancia podría tener?

— Era la voz de un *fou*, de un loco, o de una loca, *madame* Darnes. ¿No estamos acaso buscando a un loco, un perturbado, a alguien capaz de llevarse por la fuerza a una niña de ocho años? Tal vez es voz tenga más importancia de la que cree.

Me encogí de hombros en señal de indiferencia. Estábamos caminando hacia la casa de los O'Connor. Polrot me miraba insistentemente pero yo procuraba apartar la vista hacia la montaña.

— Pasen, pasen —dijo Effie O'Connor, nada más vernos entrar en su propiedad.

Siguiendo con mi papel de Cicerone presenté a Polrot a la señora de la casa. Cinco minutos después estábamos en el cenador de mis vecinos. A nuestro alrededor, árboles caídos, maleza y hojarasca acumulada de meses. Nos había costado llegar al propio templete, decorado con unas estatuas de ninfas cubiertas de suciedad.

— He traído unas pastas —dijo la señora O'Connor.

Estaban rancias, pasadas, como todo en aquel lugar.

— Ante todo, gracias por recibirnos, *madame* —dijo Polrot.

— No hay por qué darlas. Todos queremos ayudar a esclarecer lo que le pasó a Lily. Y ahora, con Claudia desaparecida, es como si todo aquello regresase, ¿no es cierto?

Effie O'Connor era una mujer pelirroja, pecosa, delgada, mucho más joven que su esposo. Tras pronunciar el nombre de Claudia Weaver había vuelto la cabeza hacia la derecha, en dirección a la casa de sus vecinos. La policía había estado por la noche, una hora después de que Polrot y yo nos fuésemos. Por lo visto, el Coronel había seguido su consejo y llamado a las autoridades sin más dilación. Nathaniel se había marchado con ellos y aún no había vuelto.

— Ojalá la joven Weaver sea hallada sana y salva en pocas horas —dijo Polrot—. Tiene 19 años. No es un ser indefenso como Lily Rider.

— Sí, eso es verdad. No es el mismo caso pero un hijo siempre es pequeño a nuestros ojos, siempre está indefenso. El miedo a que le pase algo siempre está ahí. Pobres señores Weaver.

— Usted tiene una hija también.

— Marcia, sí.

— Ella tenía, ¿cuánto? ¿Ocho años cuando desapareció Lily? ¿Eran de la misma edad?

— No, Marcia tenía nueve... espere, acababa de cumplir diez.

— ¿Eran amigas?

Effie pareció dudar.

— No. Amigas, no. Lily era una niña difícil.

— Me han llegado a decir que incluso malvada.

— Yo no llegaría a decir eso. Era una niña muy reservada, que no se abría ni a los otros niños. Pero claro, teniendo lo que tenía en casa, es normal. Su madre... ya sabe.

Polrot asintió ante el gesto de su interlocutora, que se había tapado la boca como si acabase de tener un desliz, una indiscreción involuntaria. Pero había sido exprofeso.

— Cuénteme, *madame*. Los señores Weaver no me dijeron nada al respecto.

Y eso, pensé, que Margaret tenía fama de cotilla. Decidí animar a la señora O'Connor para que se abriese a Polrot:

— Vamos, Effie.

No hizo falta más ayuda. Ella quería contarlo todo.

— Bueno, todos sabemos lo que pasaba en Rider House, ¿no es cierto? Llegaron con muchos humos, alardeando de dinero y posición. No es que yo los detestase, no me interprete mal, pero tenían más problemas de lo que pretendían aparentar. El marido había comprado una gran casa en Leeds en la que vivía su amante desde hacía muchos años. Era cosa sabida. Pero Fiona, su esposa, aunque parecía que aceptaba la situación, lo cierto es que lo llevaba muy mal. Descargaba su ira en la pequeña Lily y le daba unas palizas terribles.

— ¿Nadie dijo nada?

— ¿Decir? Aquí, en Styles Mansions, no nos metemos en la vida de los demás. Yo, por mi parte, entendía la frustración de Fiona. Su marido tenía negocios, pareja y vida social en una gran ciudad. Mientras, ella vivía en una urbanización perdida de la mano de Dios porque su esposo no quería que coincidieran sus dos vidas. John ni siquiera le compró un coche para limitar sus movimientos y obligarla a coger autobuses y trenes si quería moverse por los contornos. Fiona comenzó a beber y a pegar a su hija. Es comprensible. Pero, ojo, que lo entienda no significa que lo viese bien. Muchas veces cambiaba de acera en la calle para no coincidir con aquella mujer tan odiosa.

— Y cree que fue por eso por lo que Lily comenzó a mudar su carácter y a intentar provocar pequeñas riñas entre los vecinos.

— Puede ser. O bien era su forma de ser.

— ¿Tiene alguna idea de lo que pudo pasarle a Lily?

— No. Ni siquiera estábamos aquí el día que desapareció. Shaun y yo nos hallábamos en Harrogate.

Effie me miró de reojo. Sin duda había hablado con su marido de la importancia de salvaguardar nuestros mutuos secretos.

— ¿Y hay alguna cosa que quiera añadir sobre el caso? ¿Algo que se le ocurra?

— En realidad, no.

— Pues hábleme de ustedes. He sabido que fueron los últimos en llegar a Styles Mansions. Y desde un lugar tan lejano como Irlanda. Para entonces era ya evidente que la urbanización no iba bien. Se habían construido pocas casas y el constructor estaba al borde de la quiebra.

Los Weaver no le habían hablado de Irlanda y menos de esos rumores. Yo tampoco. O bien Polrot daba palos de ciego o se había informado de alguna forma. ¿Por teléfono? ¿A través de John Rider?

— Styles nos hizo un buen precio.

— ¿El constructor en persona?

— No. Una agencia. Su constructora tiene negocios también en Irlanda, cerca de Lisburn, donde nosotros residíamos. Supimos que se estaba construyendo aquí una urbanización, en un entorno seguro, algo apartado y tranquilo, que es lo que buscábamos.

— ¿No la encontraron demasiado apartada? ¿Demasiado tranquila?

— En absoluto. Nos gusta la quietud de estos parajes. Shaun es un intelectual, un humanista. Estar aislados le ayuda en sus estudios. Se pasa el día trabajando en una obra sobre los padres apologetas. Hace ya más de diez años que trabaja en ella. Ahora que ya no es vicario dispone de mucho tiempo libre.

— ¿Dejó su puesto?

— Sí. Aunque creo que fue de mutuo acuerdo. Problemas con la diócesis. Cosas que pasan. Shaun no es muy amigo de las jerarquías. Supongo que lo entiende.

— En realidad no, *madame*. ¿Sabe qué pasó?

— Bueno. Eso tendría que preguntárselo a Shaun. Yo... no es cosa mía. Y tampoco crea que ha entrado nunca en muchos detalles.

— *Je comprends*. Así que un día era la esposa de un vicario y al siguiente su esposo le dijo: "He dejado el trabajo. Vamos a cruzar el Mar de Irlanda y nos vamos a cientos de quilómetros de distancia a una montaña en el norte de Inglaterra".

— Explicado así parece muy precipitado pero le puedo asegurar que era algo que llevábamos tiempo meditando.

— Y usted, al igual que madame Rider, se vio alejada de una ciudad y sus lujos, una urbe importante como Lisburn, para acabar en una urbanización a medio construir, sin apenas servicios y sin muchos alicientes.

Effie exhaló una larga bocanada de aire. La conversación estaba poniéndola nerviosa.

— Yo no soy Fiona Rider.

— *Certainement*. Usted es *madame* O'Connor.

— Eso es. Cada persona es un mundo.

— Y, sin embargo, yo veo cierto paralelismo en las vidas de ambas.

— Se equivoca por completo.

Polrot suavizó el tono de su voz.

— Perdone si la he ofendido.

Effie no dijo nada.

— Querría hacerle dos últimas preguntas, si es usted tan amable, *madame*.

— Si no queda más remedio.

Nuestra anfitriona, de pronto, ya no parecía tan cordial.

— La primera. ¿Qué piensa de la institutriz de su hija?

— Bedelia ha salido. Está en la montaña recogiendo unas hierbas que necesito para la cocina. Cosas de casa.

Aquello confirmó a Polrot lo que yo le había comentado en su momento. Que Bedelia no era solo la institutriz de Marcia, también era la criada, la cocinera o lo que les hiciese falta a los O'Connor.

— *Bien sûr*. Pero le he preguntado qué piensa de ella. No dónde está ahora.

— No pienso nada.

— Algo habrá de pensar. Es la mujer que cuida y enseña a su hija de 10 años, aparte de otras funciones. Tendrá una opinión formada de ella.

— Hace su trabajo.

Effie también detestaba a Bedelia. Era tan evidente por su gesto de desdén que hasta yo me di cuenta. Nunca había hablado con Effie de la falsa institutriz. No sabía por qué le resultaba antipática. O por qué, siendo así, no la había despedido.

— ¿Es todo lo que tiene que decir?

— Sí.

— *Bon.* Segunda cuestión. Me pregunto si ha oído alguna vez una voz como venida del infierno, gutural, gritando: "¿Qué vas a hacer?". "Tú, maldita idiota, ¿qué vas a hacer". O cualquier otra cosa similar.

Intercambié con Effie una mirada de inteligencia.

— Sí. Aunque hace años que no la oía.

— ¿Años, *madame* O'Connor?

— Hace al menos dos o tres años que no la escuchaba. Hasta hace una semana aproximadamente. La voz regresó de la nada.

— ¿Y no se preguntó en su momento, o estos últimos días, sobre su procedencia?

— Aquí en Styles Mansions no nos metemos en las vidas de los demás.

— No es la primera vez que escuchó esa frase en boca de los propietarios de esta urbanización. Y cada vez que la oigo, *madame*, me la creo menos.

— Lo que usted crea es cosa suya. Yo solo puedo contarle lo que sé.

Ahora era Polrot el que parecía enfadado.

— ¿Podría hablar con *monsieur* O'Connor?

— Está a punto de salir hacia Harrogate para hacer unas compras. Luego recogerá a Marcia y a los hijos de la señora Darnes en el colegio. Si le apetece acompañarle, podrían aprovechar la ocasión para hablar de lo que quieran.

— Será un placer.

Effie entró en la casa a buscar a su marido. Una voz resonó a su espalda.

— Perdone, *madame*, tengo una pequeña duda más.

— Dígame.

— ¿Siempre que ha oído esa voz diabólica decía lo mismo?

— Con leves variaciones pero sí, siempre lo mismo. Un grito en la noche, una frase rápida dicha con mucho odio: "Y ahora, maldita idiota, ¿qué vas a hacer?".

— ¿Le parece una voz de hombre o de mujer?

— Difícil asegurarlo. Yo creo que de hombre. Pero no estoy segura.

— ¿Nunca se ha preguntado a quién podría ir dirigida?

— No.

— Dado que la voz interpela a una "idiota", en femenino, la voz solo puede dirigirse a usted, a la señora Weaver, a madame Darnes o a Marcia, su hija.

— Nunca me había parado a pensar en ello. Por lo que a mí respecta, es la voz de alguien que no está en sus cabales. Puede estar hablando con un ser imaginario y hasta consigo mismo.

— Hablando consigo mismo. Es curioso que diga eso, *madame* O'Connor. Es una opción que no me había planteado hasta ahora. Gracias por responder a mis preguntas. Ha sido usted de gran ayuda.

— De nada.

Effie se dio la vuelta y desapareció en el interior de la vivienda.

CAPÍTULO 11:

Harrogate

Shaun O'Connor penetró a toda velocidad en una librería del centro. A pesar de su edad, esquivó ágilmente una montaña de volúmenes que había en el suelo. Se puso de puntillas y cogió un pequeño libro del último estante.

— ¡Qué maravilla! ¡Un estudio sobre el fragmento de Codrato!

Levantó la vista por encima del volumen y nos miró con cierta suficiencia.

— Ustedes no saben a qué me refiero, pero se trata de un asunto crucial en mi estudio porque...

Polrot levantó su bastón y le interrumpió:

— Está hablando del único párrafo que se conserva de la obra que Codrato de Atenas realizó para el emperador Adriano. Pero ese asunto, aunque sin duda importante para usted, me temo que debo pedirle que lo postergue. Durante el viaje en su vehículo ha esquivado mis preguntas y ahora trata de hacer lo propio llevándonos de una librería a otra. Me pregunto si tendría unos minutos para mí. Le prometo que luego podrá regresar a su estudio de los apologetas griegos.

El señor O'Connor inclinó la cabeza, como pidiendo disculpas. Percibí que respetaba a su interlocutor por ser un hombre leído.

— Tiene toda mi atención.

— ¿Podemos tomarnos algo en un café? Estaremos más cómodos que de pie en medio de una montaña de libros.

Me dio la impresión de que, para el señor O'Connor, una montaña de libros era el lugar más cómodo del mundo, pero aceptó a regañadientes. Unos minutos más tarde estábamos sentados delante de unas cervezas (para ellos) y un licor de menta (para mí).

— ¿Cree que el caso Rider y la desaparición de Claudia Weaver están relacionados? —preguntó Shaun O'Connor.

Era evidente que aquel hombre estaba acostumbrado a llevar la voz cantante y se adaptaría mal a su función de testigo. Le iba más el papel de investigador. Al fin y al cabo es lo que hacía en su vida diaria: investigar en el mundo de los libros, hacer hipótesis, alcanzar conclusiones. Y al final, publicaría un libro. O al menos eso proclamaba a los cuatro vientos.

— Si me lo permite, haré yo las preguntas. Y eso mismo iba a preguntarle yo, *monsieur* O'Connor. ¿Cree que hay relación entre la desaparición de la pequeña Lily y de la joven Claudia?

— Espero que no. Mi único deseo es que la muchacha aparezca y todo vuelva a la normalidad. Ojalá Lily apareciese también y pudiésemos olvidarnos de ambos asuntos.

— Pero eso no pasará. Al menos en el caso de Lily. Tiene que haber estado en alguna parte estos dos años.

— En eso tiene razón.

— Y usted no sabe nada al respecto de la desaparecida.

— ¿De Lily?

— *En effet.*

— Mi mujer ya le habrá dicho que ni siquiera estábamos en la urbanización. Nos hallábamos aquí mismo, en Harrogate, en la taberna de unos amigos irlandeses. No queda muy lejos. Está en el centro.

Polrot tomó un largo sorbo de su cerveza. Reflexioné mientras miraba a aquel hombre sediento engullir su bebida. Vi a un hombre delgado que tragaba algo poco sofisticado, alguien muy diferente al rollizo y maniático Hércules Poirot de las novelas de Agatha Christie. Definitivamente, no podían ser la misma persona. ¿O sí?

— ¿Tienen aún contacto con gente de su tierra, *monsieur* O'Connor?

— Por supuesto. Echamos de menos nuestro país. Somos muy patriotas.

— Y aun así abandonaron el norte de Irlanda para venirse aquí. Dígame por qué.

— Una oportunidad de tener una buena casa. Un lugar aislado donde escribir. Supongo que mi mujer ya le habrá hablado de eso.

— También me dijo que dejo de ser vicario en Lisburn.

— Así es. Fue de mutuo acuerdo. Problemas con la diócesis. Cosas que pasan. No soy muy amigo de las jerarquías.

— Su mujer empleó exactamente las mismas palabras.

— Entonces debe ser la verdad.

— O que es una historia aprendida por ambos. La gente rara vez cuenta algo con las mismas palabras.

Shaun no pensaba igual. Negó varias veces con la cabeza.

— No entiendo qué relación pueden tener mis problemas con la diócesis con la desaparición de Lily. Son dos temas completamente distintos.

— Todo puede tener que ver. Ahora mismo trato de conocer a los habitantes de Styles Mansions. Una vez los comprenda podré avanzar en el caso. Camino a tientas y necesito encender una luz que me indique qué sendero tomar.

—¿Y ese sendero surgirá de interrogar sobre el pasado de los inquilinos de nuestra urbanización?

— No me cabe duda.

— ¿Porque el culpable podría ser uno de nosotros?

— Porque estoy convencido que el culpable es uno de ustedes.

— ¿Y por qué ese convencimiento?

— Como antes le decía, prefiero hacer yo las preguntas. En su momento, se lo prometo, les mostraré a todos las respuestas a este enigma.

— ¿Cree que está cerca de hallar esas respuestas?

La insistencia del señor O'Connor por preguntar para evitar responder, comenzaba a enervar a Polrot. De cualquier forma, decidió darle una satisfacción, al menos esta vez.

— Las respuestas no andan lejos, pero hay un asunto que no me encaja. Y esa pieza que no está donde debiera me impide dar sentido al resto.

— ¿Cuál es esa pieza, señor Polrot?

— *Cette fille*, la propia Lily Rider. No encuentro una razón válida para su secuestro, su desaparición o su muerte. En todos los casos, el móvil del posible asesino no me parece suficiente.

— ¿Y eso por qué? —salté de mi asiento, intrigada. Casi se me cae el licor de menta.

Como el día anterior con el Coronel Weaver, sentía que me estaban dando un poco de lado. Necesitaba abrir la boca para que mis interlocutores supieran que aún respiraba.

— *Bien, madame. Je vais vous expliquer.* Todas las pequeñas travesuras de Lily Rider me parecen eso, pequeñas travesuras. Incluso el que descubriera el adulterio de su padre me parece algo menor. Lo descubrió porque de hecho, en su casa era algo sabido. Una niña de ocho años no podía descubrir un secreto lo bastante importante para llevarla a la tumba. Aunque por azar lo hubiese hecho, mucho me temo que no lo habría entendido. Las cosas de adultos no son comprendidas en toda su complejidad por las mentes infantiles. Es evidente que los Weaver ocultaban algo pero, ¿matar o secuestrar por ello? No me lo creo. Lo mismo pasa con los O'Connor. Guardan un secreto y no quieren revelarlo. Perdone que le sea franco, *monsieur*.

— Está usted perdonado —dijo el exvicario.

— Al final, en ambos casos, descubriré la naturaleza de lo que oculta cada familia. Pero mucho me temo que seguiré pensando lo mismo. Razones para detestar a la niña por malintencionada, por fisgona... eso sí. Razones para atacarla... no.

— Faltan mis secretos —le dije a Polrot.

El detective sonrió maliciosamente.

— Sus secretos son de otra índole, *madame*. No creo que Lily descubriera nada sobre usted. Su participación en este caso es posterior. Y debe jugar un papel, aunque no sé cuál. Por eso permito que me acompañe en mi investigación. No crea que me impresionó con su partida de nacimiento o su oferta de ser mi guía en la urbanización. Pese a que me ayudó un poco al principio, exageró el odio a los extranjeros del Coronel, y el resto de propietarios me habría recibido sin problemas, como muestra la presencia aquí del señor O'Connor. Si permito que participe en mis pesquisas es porque sabe algo que en su momento será necesario que me diga para cerrar el caso.

— Tiene usted una mente tan prodigiosa como la de cierto detective belga de ficción que no es usted en absoluto.

— *Merci, madame.*

El resto de la conversación no fue mucho más allá. Acabamos hablando de libros, de los padres apologetas y de toda la filosofía griega. Polrot parecía interesado por aquellos temas que implicaban una profunda complejidad. Me di cuenta de que le obsesionaba la resolución de problemas, de cualquier problema, no solo los de índole criminal. Por ello conocía la historia del único párrafo superviviente del escrito de Codrato de Atenas y de las hipótesis sobre su origen y su conexión con otras epístolas. Aquel hombre era, lo entendí entonces, una enciclopedia viva de todo tipo de misterios.

Antes de ir a recoger a los niños al colegio, Polrot decidió dejarnos.

— Lamentablemente, tengo que abandonar tan grata compañía.

— Iremos algo apretados pero podría llevar a todos de vuelta a Styles Mansions —dijo el señor O'Connor.

— Dos adultos y tres niños es ya suficiente hasta para un coche grande como el suyo, *monsieur*. Además, tengo cosas que hacer.

— El autobús deja a más de cinco kilómetros —le advertí.

— Caminaré, *madame*. O cogeré un taxi, como la primera vez que llegué a su urbanización.

— Pero...

— ¿Quiere saber a dónde voy? ¿Quiere acompañarme?

La verdad es que estaba cansada. Pero no quería perderlo de vista.

— Si no le es molestia, me encantaría continuar a su lado.

— Por supuesto, *madame*.

Shaun O'Connor me miró con indulgencia.

— Si quiere, señora Darnes, puedo quedarme con Theo y Jacob en mi casa. Jugarán con Marcia mientras la esperan.

— Mil gracias, señor O'Connor. No sabe el servicio que me hace.

Nos despedimos del antiguo vicario. Más efusivamente de lo que yo esperaba. Me dio la sensación de que a Polrot le había caído bien aquel viejo erudito. Yo, por mi parte, había tenido un pequeño enfrentamiento con él por la mañana que ambos preferíamos dar por olvidado, como si no hubiera sucedido. A los dos nos convenía que fuese así.

— ¿Dónde vamos? —le pregunté a Polrot cuando nos quedamos a solas.

— Al Registro General. Quiero pedir una partida de nacimiento.

— ¿De quién?

Pero Polrot no respondió a mi pregunta ni me dejó acompañarlo a las oficinas del Registro. Me quedé en la calle, mirando las vitrinas de los establecimientos cercanos. El detective tardó más de una hora en regresar.

— ¿Va ahora a revelarme qué ha ido a hacer al Registro?

— No esperará que le muestre todos los ases que llevo en la manga, *madame Darnes* —me dijo, mientras guardaba en su cartera varias hojas de papel cuidadosamente dobladas.

— Ojalá lo hiciese.

— Oh, *ma chère amie*. Usted, que me oculta tantos secretos, no puede enfadarse porque yo le oculte una minucia como esta.

Por desgracia, tenía toda la razón.

— Por lo menos dígame si ha descubierto algo que le acerca a la resolución del caso.

— No creo que estemos aún en el momento de plantearnos cómo resolver este misterio. Ahora es el momento de las preguntas, de indagar en los detalles que no encajan. Hay algo que vi ayer y no comprendía. Ahora sé la verdad, aunque tendré que esperarme a que me manden cierto documento ya que aquí no lo tenían disponible. Había otra cosa que, más que no encajar, suscitaba mi interés. Y la he resuelto. Otro asunto más parecía evidente y ha quedado probado. Por último, sospechaba algo respecto a uno de los habitantes de Styles Mansions y mis sospechas han sido confirmadas.

— ¿Por Dios, cuántos papeles ha pedido en el registro?

Polrot se echó a reír.

— El Registro General es uno de los lugares más provechosos que existen para un investigador. Lo he utilizado a menudo para resolver los casos más complejos. Otras veces, como en esta ocasión, no resuelve del todo el acertijo pero aporta pruebas decisivas. Los papeles no mienten. Las personas, por el contrario, mienten constantemente. A menudo, se esfuerzan en no mentir pero...

— Pero ocultan cosas, como yo.

— Usted lo ha dicho, *madame*. *Pas moi.* Sea como fuere creo que estoy más cerca de la verdad. Y eso es siempre una buena noticia.

— Ojalá sea así, Héracles. Estoy deseando que encuentre esa verdad que busca.

Era la primera vez que le tuteaba. Nos sonreímos.

— Hay una cosa que me pregunto sobre usted, *madame*.

Él no tenía, pese a todo, la intención de tutearme. Prefería mantener las distancias.

— ¿Qué cosa?

— ¿Que hará si el asesino vuelve a atacar?

— ¿Cómo...?

— Una de las primeras cosas que me dijo fue que había gente en peligro en Styles Mansions. Otro niño, o tal vez un adulto la próxima vez. Alguien que podría morir en cualquier momento. Esas fueron sus palabras exactas. Incluso se las recordé unas horas más tarde. En este momento de la investigación me pregunto qué hará si, a causa de su silencio, el asesino sigue libre mucho más tiempo, dispuesto para atacar de nuevo. No piensa contarme todo lo que sabe. De acuerdo, pero, ¿permitirá que alguien más muera a causa de seguir manteniendo su secreto?

— Estoy convencida que el gran Héracles Polrot descubrirá al culpable antes de que cometa otro crimen.

— ¿Y si no es así? Usted es una persona religiosa. ¿Cómo soportará el peso de la culpa?

Polrot estaba intentando ponerme contra las cuerdas para que le contase todo lo que sabía. Pero yo no podía hablar porque había una parte de la que no estaba segura. Y esa parte debía resolverla el detective antes de que el asesino fuese capturado. De lo contrario... todo acabaría en un desastre.

— No voy a contarle quién creo que secuestró a Lily. No se esfuerce más. Por favor, no me presione. Me hace sufrir y no conseguirá que cambie de opinión.

— Oh, *madame*, no se equivoque. La presionaré todo lo que haga falta. Si pienso que puedo evitar un crimen, hurgaré en la herida hasta que su sufrimiento se haga insoportable. Porque su silencio es inaceptable. Y por ello le pido, una vez más, que me revele la identidad de la persona que sospecha que es el culpable. No, no se lo pido, ¡se lo exijo! En nombre de la pequeña Lily, que murió hace dos años, como ambos sabemos bien. En nombre de Claudia, que mucho me temo también ha fallecido.

Sentí que una lágrima rodaba por mi mejilla. Cogí la cadena que colgaba de mi cuello, levanté la efigie de Nuestra Señora y la besé.

— No le diré nada.

Polrot golpeó el suelo con su bastón.

— Así pues, volvamos a Styles Mansions. Un asesino anda suelto y tengo que darle caza, yo solo, sin ayuda de nadie.

CAPÍTULO 12:

La institutriz

Polrot consultó su reloj.

— No es posible —murmuró—. Ya me lo temía.

— ¿A qué se refiere? —inquirí.

— A Claudia. La joven nunca tuvo intención de regresar a casa hace dos noches. No es posible hacer el trayecto de ida y de vuelta en tan poco tiempo.

Aquella afirmación me dejó sorprendida. Polrot prosiguió:

— El recorrido desde Styles Mansions hasta el destino que Claudia se había fijado, precisa de caminar durante más de media hora hasta la estación de autobús. De allí otra media hora para llegar a la estación de tren más cercana. Otros 25 minutos hasta Harrogate y, finalmente, otro autobús para ir hasta Bilton. Contando tiempos de espera entre transporte y transporte, en el mejor de los casos dos horas, probablemente tres. O incluso más. Y salió avanzada la tarde. Era imposible ir y volver en el mismo día.

Llevábamos un buen rato paseando por la montaña de Hill Moor. Tal y como me había temido, Polrot había decidido que le apetecía andar. Como él no tenía que llevar una casa con dos niños pequeños, ni otras obligaciones aparte de la investigación, la idea de subir una cuesta empinada, caminando por una carretera estrecha y serpenteante, le pareció de lo más bucólico. Para estimular el razonamiento deductivo, dijo.

Y ese razonamiento deductivo le había permitido concluir que Claudia mintió a sus padres cuando les dijo que volvería por la noche. Le comenté:

— Creo que el señor Weaver nos dijo que se había llevado algo de dinero por si tenía que pasar la noche fuera.

— No era una posibilidad. Aunque no he llegado a conocer a la muchacha, me doy cuenta de que era alguien ordenado y metódico, como yo mismo. Borró su pizarra con el organigrama de los sospechosos y se llevó toda su investigación consigo. Iba a concluir sus pesquisas en Bilton, pasar la noche en el mismo Bilton o en Harrogate y, por la mañana, pensaba acudir a Scotland Yard o al menos contactar con ellos de alguna forma. Por eso se llevó todos sus papeles.

— Cuando Nathaniel Weaver le habló de las acciones de Claudia antes de salir de casa, usted le dijo que urgía avisar a la policía. Y eso fue porque...

Polrot concluyó mi frase.

— Porque, de estar viva, habría avisado ella misma por la mañana a la policía. Se habría despertado en su hotel y habría revelado a las autoridades quién había secuestrado y asesinado a Lily Rider.

— Tal vez encontrara una nueva pista que le llevase a alguna otra parte, al norte, al sur del país. Qué sé yo.

Mi interlocutor entornó los ojos. Alguna cosa le había pasado por la cabeza. Dijo:

— Si Claudia hubiese decidido seguir su viaje habría avisado a sus padres para tranquilizarles. Era una buena chica, de eso no me cabe duda, de lo contrario hace años que habría desafiado la autoridad paterna. Además, incluso esta pequeña aventura de viajar sola en tren y pasar la noche fuera de casa era un gran reto para la muchacha. Hasta ese día había sido una reclusa. Era su primer acto de verdadera rebeldía contra sus padres y esa "enfermedad" que supuestamente sufría.

— ¿Supuestamente?

— Ya se lo insinué ayer. Estoy convencido de que esa enfermedad solo existe en la imaginación de sus padres. O, más bien, en sus miedos.

No entendí a qué se refería. Seguimos caminando hasta llegar al pequeño lago artificial con el que daba comienzo nuestra urbanización. Miramos el solar desierto donde deberían haberse construido el resto de casas. Pasamos de largo y llegamos a la avenida principal. Yo estaba sudada y de bastante mal humor, el cual empeoró cuando volví la vista y vi el feo rostro de Bedelia Hopper, avanzando resueltamente en nuestra dirección. La institutriz parecía, por el contrario, de un humor excelente.

— Usted debe ser el famoso detective —dijo con un tono alegre y desenfadado.

— No sé si famoso... *mais oui, mademoiselle*. Ayer nos cruzamos brevemente en la calle, ¿recuerda?

— Por supuesto que me acuerdo. Pregunté a Raymond, mi prometido, si sabía quién era usted. Solo me dijo que se había instalado en Rider House. Pero la señora O'Connor me informó de la investigación que está realizando sobre Lily. ¿No es fascinante?

— No sé si fascinante es la palabra. Necesario, diría yo. Esta historia necesita un final y Lily Rider necesita justicia.

La sonrisa se borró del rostro de Bedelia. Estaba de tan buen humor que había olvidado la máscara de falsa bondad que siempre llevaba a todas partes.

— Un asunto terrible, señor. Cada día pienso en ella y rezo para que la encuentren sana y salva.

Cuánta hipocresía, pensé. Pero dije:

— Ojalá así sea, señorita Hopper. Le aconsejo que rece. Y mucho. Es lo mejor para limpiar el alma.

Polrot vio que cruzábamos una mirada no demasiado amistosa.

— Usted llevaba al colegio a Lily Rider, como al resto de niños. ¿No es así, *mademoiselle*?

— Casi nunca. Fiona llevaba a Lily caminando hasta la parada de autobús. Decía que aquellas caminatas estimulaban la relación madre-hija. Era una mujer extraña, amargada, si me permite la indiscreción. Creo que quería quitarle a la niña el placer de ir en el coche con sus amigos. Por otro lado, en aquella época no llevábamos a los niños todos los días a Harrogate. Solo hasta la parada de bus de aquí al lado, apenas unos minutos en coche. Allí se reunían los cuatro diablillos. Eran inseparables. Jacob, que tenía por entonces once años, ejercía de líder del grupo. Yo le encargaba que los protegiese, ya que era el mayor.

— Inseparables, ha dicho. ¿Se llevaban bien los niños? He oído decir que Lily no hacía buenas migas con ellos.

— Yo los veía jugar antes de subir al bus. La niña de los Rider era la más retraída, eso seguro. Pero era una más. Al menos a mis ojos. Le gustaba sentarse junto a Marcia.

— ¿Iban juntos hasta el colegio en ese autobús? ¿Todos los días?

— Sí. Jacob y Theo, hijos de los Darnes. Lily, hija de los Rider. Y Marcia, hija de los O'Connor. El conductor del autobús los conocía bien. Nunca hubo ningún problema. Pero tras la desaparición de Lily, aunque el suceso nada tuviera que ver con los viajes de los niños, a los padres les entró miedo. Cosa comprensible. Ahora llevo personalmente a Jacob, Theo y Marcia a su colegio en Harrogate todos los días. Se acabó la época de los autobuses.

— ¿Siempre los lleva usted, *mademoiselle* Hopper?

— No siempre. Si me tomo unas horas libres lo hace el señor O'Connor.

— Ya veo. ¿Y hoy tiene la tarde libre?

— Sí.

— Pero ayer también tuvo la tarde libre.

— Tarde que dediqué a cuidar a los hijos de la señora Darnes, aquí presente.

Y bien que te pagué esas horas, pensé, pero me mordí de nuevo la lengua. Polrot continuó a la carga con una línea de interrogatorio que me resultaba muy interesante:

— Y, aunque no tenía por qué hacerlo, su señora le ha dado otra tarde libre.

— La señora O'Connor me trata muy bien. Es una santa.

— Tiene usted mucha suerte.

— Ya lo creo.

Sin darnos cuenta, mientras hablábamos, atravesamos de norte a sur nuestra pequeña urbanización. Bedelia llegó a la puerta de la casa de Raymond Knowles, al que pomposamente llamaba ya "su prometido". Detuvo su paso. Polrot dijo:

— ¿Esa es la opinión que tiene de Effie O'Connor? ¿Que ella es una santa?

— Desde luego. Una mujer devota y entregada a su casa y a su esposo.

— ¿Y ella piensa lo mismo de usted?

— No sé si me describiría como a una santa, pero creo que me tiene en alta estima, sí.

— ¿Su marido también?

— Veo poco al señor. Está siempre en su estudio con sus libros. Apenas hablamos. Aunque siempre cordialmente. No creo que tenga queja de mí.

Polrot frunció el ceño. Luego su gesto se dulcificó.

— Perdone que le haga tantas preguntas, *mademoiselle*.

— Lo comprendo. Es su trabajo.

— Me gustaría que me hablase de Claudia Weaver.

Me extrañó que no le preguntase por Lily Rider. Al fin y al cabo Bedelia era la adulta, aparte de sus padres, que más la había tratado, aunque fuese como conductora ocasional. Me dio la sensación de que Polrot ya tenía claro todo lo relacionado con Lily y su personalidad, que pensaba que los adultos ya no podíamos decirle nada más sobre aquella niña. O tal vez era que las pistas sobre Claudia eran más frescas y pensaba que serían más fáciles de seguir.

— ¿Qué quiere saber? Me han dicho que está desaparecida.

— Así es. Querría saber cualquier cosa sobre ella.

— Una buena muchacha. Muy callada. Apenas un saludo y se marchaba. Hablaba en voz muy baja. No se relacionaba con nadie. Creo que era cosa de su padre, que la tenía enclaustrada como a una monja.

— ¿El Coronel Weaver no le cae bien?

— Ni bien ni mal. Un hombre amable. Pero siempre estaba vigilando a su hija, como si se avergonzase de ella.

— ¿Avergonzase?

— Sí... o como si tuviese miedo de que alguien se la llevase. Un padre celoso de esos que no quieren que sus hijas se casen, qué se yo. En mi opinión era demasiado protector.

— ¿Vio a *mademoiselle* Claudia el día que desapareció?

— De pasada. Iba a casa de mi prometido por la calle principal, como ayer cuando coincidimos o como acabamos de hacer ahora mismo. Nos saludamos en la distancia. Caminaba en dirección contraria hacia las últimas casas de la urbanización; de allí al lago y al camino que lleva a la parada del autobús, supongo. No la volví a ver. Tenía la tarde libre y no volví a salir a la calle.

— ¿Ha tenido la tarde del martes, del miércoles y la de hoy jueves, todas ellas libres?

— Ya le he dicho que Effie O'Connor es una santa.

— Sin duda alguna.

"Una santa que te detesta", pensé. Odiaba morderme la lengua, pero lo hice por tercera vez. Polrot no había acabado con sus preguntas:

— ¿Ha escuchado usted alguna vez un grito en la noche?

— Dos gritos.

Polrot dibujó en su rostro un gesto de sorpresa.

— ¿Dos, ha dicho?

— Exacto. Fue la noche del martes al miércoles. Oí un grito espantoso cuando estaba a punto de dormirme. Y unos veinte minutos después una voz extraña que ponía los pelos de punta y decía algo que no pude entender.

— Y tú, maldita idiota, ¿qué vas a hacer?

Bedelia asintió.

— Sí, eso pudo ser lo que oí. O algo parecido.

Observé cómo el detective vacilaba. La historia del grito y luego la voz diabólica no encajaba en su puzzle imaginario. Estaba tratando de que su cerebro, como una delicada pieza de relojería, terminase de asumir aquella nueva información. Cuando lo hizo volvió la vista hacia la casa del vigilante:

— ¿Va a usted ahora a ver a *monsieur* Knowles?

— Sí. Ya se lo he dicho. Tengo la tarde libre y voy a pasarla con mi prometido.

— Nosotros veníamos también a visitarle. Si me hace el favor de avisarle.

Bedelia no pareció muy contenta al oír las palabras del detective. Pero cogió una llave, abrió la verja del jardín (el único que estaba siempre cerrado en Styles Mansions) y entró en el perímetro de la finca.

— ¡Cariño! ¡Cariño!

Oh, cuánto odiaba aquella voz de pito.

— Me pregunto una cosa, *madame* Darnes —dijo entonces Polrot—: ¿No le parece extraño que la señora O'Connor sea tan generosa con su institutriz y le permita disponer de tanto tiempo libre?

— Tal vez sepa el secreto de los O'Connor, ese que usted dijo en la taberna que sacaría a la luz en su momento.

— Mucho me temo que tengan más de un secreto. O al menos uno particular y privado de *madame* O'Connor.

— ¿Effie? Es una mujer sencilla, hogareña, que no...

— *Pas du tout*. Effie O'Connor es una mujer profundamente infeliz y resentida, ¿no se ha dado cuenta?

Iba a rebatirle o al menos a preguntar a Polrot el porqué de su categórica afirmación pero entonces apareció por la puerta del jardín el mismísimo Raymond Knowles. Alto, fornido, con un gesto duro, casi violento, deformándole el rostro.

— No me gusta que un extraño venga a fisgonear a mi casa. ¡Márchese si no quiere tener problemas!

Polrot no se inmutó ante el gesto agresivo de Raymond, puño cerrado en actitud amenazante incluido.

— Oh, *monsieur* Knowles, ya sabrá que investigo la desaparición de Lily Rider. Y mucho me temo que en breve me encomendarán también la de Claudia Weaver. Alguien tendrá que venir a cumplir con tan onerosa misión.

— Aquí, en Styles Mansions, solucionamos las cosas nosotros mismos.

— ¿Eso quiere decir que usted va a investigar el caso Rider?

— Por supuesto que no. Solo digo que no me gusta que nadie venga a molestar.

— Entonces, ¿me da su permiso para investigar el caso?

Aquello pregunta dejó a Raymond descolocado.

— Haga usted lo que quiera, pero márchese de mi propiedad.

— ¿No puedo hacerle preguntas?

— No.

— Entonces tendré que investigar su vida anterior, sus antecedentes policiales si los hubiere y...

— ¿Por qué iba a hacer tal cosa?

— Estoy investigando a todos los vecinos de Styles Mansions. Todos me han ofrecido su ayuda y respondido a mis preguntas. Si usted no lo hace tendré que informarme sobre su vida por otras fuentes. Es el procedimiento habitual.

El puño crispado de Raymond llegó a un punto máximo de presión. Hasta temblaba de ira. Luego, súbitamente, se relajó. Fue entonces cuando me di cuenta de que Polrot había colocado su bastón a su espalda y tenía también el puño crispado sobre su empuñadura, listo para contratacar en el caso de que el vigilante hubiese decidido golpearle. A cada paso que dábamos aquel hombre me resultaba más distinto al Hércules Poirot de las novelas. Me hallaba ante un hombre de acción, alguien listo para el combate si era necesario. No era solo cerebro y células grises como el personaje de Agatha Christie.

— Vamos, cariño —dijo a lo lejos la voz de Bedelia—. Responde a sus preguntas. Un ratito de conversación y nos vamos a la cama.

"¡Menuda fresca!", pensé. Pero luego caí que trataba de calmarlo. Y a los hombres se les calma siempre de la misma forma.

— Bien. Pasen ustedes —rugió Raymond—. Hablaremos. Aunque no tengo nada que contar. Yo voy a lo mío.

— Gracias, *monsieur* Knowles. Es un alivio que haya aceptado en lugar de tratar de agredirme. Odio tener que golpear a desconocidos.

CAPÍTULO 13:

El vigilante

La casa del vigilante era la más pequeña de la urbanización. Se trataba apenas de una cabaña de pocos metros cuadrados. Pero estaba bien cuidada y el jardín lucía espléndido en comparación con la decrepitud y dejadez del resto de casas y fincas de Styles Mansions.

— Diga lo que sea y márchese —espetó Raymond Knowles a modo de introducción a nuestra charla.

— Por favor, cariño.

Bedelia puso una mano sobre la del vigilante, que permaneció erguido con la misma expresión hosca.

— *Excusez-moi.*

Polrot limpió un sillón de mimbre con un pañuelo bordado. Suspiró. Se sentó y cruzó las manos bajo el mentón. Esperó más de un minuto en silencio. Me dio la impresión de que quería provocar a su interlocutor.

— ¿De qué vive usted, *monsieur* Knowles?

— Soy el vigilante de este lugar.

— Con vigilante de este lugar querrá decir de esta casa. Porque hace años que no le pagan por vigilar Styles Mansions.

— Eso es cosa mía.

— *Comprend pas.* Explíqueme. ¿Eso es cosa suya y, pese a no cobrar, vigila la urbanización? ¿Eso es cosa suya y, como no cobra, no hace las funciones que realizaba en el pasado? ¿Cuál de las dos opciones?

— Yo vigilo este lugar.

— ¿Sin cobrar? ¿Solo a cambio del derecho a usar esta casa? ¿Luz, agua y teléfono incluidos?

— Sí.

— ¿Y cuál es su horario? Porque yo llevo dos días de un lado para otro de esta urbanización, de la mañana a la noche, y aún no le he visto salir de esta casa.

Raymond dio un golpe en una mesa.

— ¡Yo vigilo!

Polrot golpeó la misma mesa con su bastón. La madera se quebró y una astilla voló por los aires.

— ¡Usted es un holgazán! ¡Y un idiota! Y si vuelve a contestar con evasivas o mentiras, o si vuelve a amenazarme o a golpear cualquier cosa, le daré tal paliza que tendrán que llevarle al hospital.

Tanto Bedelia como yo misma estábamos boquiabiertas, y a la vez convencidas de que estaba a punto de acontecer un desastre. Pero Raymond no reaccionó como esperábamos. Miró a Polrot fijamente, miró su bastón, miró sus propias manos y luego caminó hasta la silla de mimbre más cercana. Tomó asiento.

— Pregúnteme lo que quiera, señor Polrot —dijo con voz mansa.

— *Très bien. Merci.* Para comenzar, vuelvo a la pregunta original. ¿De qué vive usted, *monsieur* Knowles?

— Al no tener que pagar techo necesito poco dinero. Hago pequeños trabajos, aquí y allá, en los pueblos de los contornos. Voy tirando.

— ¿Y eso le da para vivir?

— Bedelia me ayuda.

— Ah, es lo que ya suponía. Y también suponía que, pese a lo que ha dicho antes, usted no ejerce de vigilante.

— Desde que se fueron los Rider, no. Ellos tenían dinero, el resto no pudieron afrontar el gasto sin su ayuda.

— ¿Y cuando aún cobraba vigilaba realmente?

— A veces.

— ¿A veces, *monsieur*?

— Raramente. Aquí nunca hizo falta un vigilante. Nadie pensó realmente que fuese a pasar nada. Así que casi siempre hacía trabajos de mantenimiento: arreglaba los tejados, pintaba... precisamente estaba pintando la habitación de Bedelia cuando desapareció Lily Rider.

— En casa de los O'Connor.

— Sí.

— Y los O'Connor no estaban en casa.

— Yo no los vi. Aunque su coche estaba en el garaje.

— Ah, eso es importante. Ellos dijeron que estaban en Harrogate.

— Será verdad, supongo.

— Pero no cogieron el coche. Caminaron cinco kilómetros hasta el autobús cuando tenían un coche a su disposición. ¿No es eso extraño?

— Tal vez el coche estuviera estropeado. Tal vez tenían ganas de caminar. Tal vez pidieron un taxi.

— *C'est possible, monsieur*. Pero poco probable.

Polrot le preguntó entonces por su vida pasada. Raymond nos habló de una infancia infeliz en Londres con un padre violento.

— He sido boxeador, he sido camarero y hasta borracho como mi padre —nos explicó Raymond tras una instante de duda—. Incluso pasé unos meses en la cárcel por darle una paliza a un bocazas en una taberna. Se lo explico porque al final acabará sabiéndolo si es que no se lo han contado ya. Este trabajo de vigilante me vino caído del cielo. No más problemas y un lugar tranquilo donde vivir. Por eso me resisto a marcharme, aunque supongo que pronto nos iremos a otra parte. Hay que ganarse la vida. Pero Styles Mansions me gusta porque no quiero volver a las andadas. No quiero beber, no quiero pelearme. Ni con usted ni con nadie. Grito mucho para dar miedo, pero lo último que quiero es que vuelvan a detenerme.

Parecía sincero. Polrot le observaba hablar con atención y me dio la impresión de estar también más calmado.

— Si no quiere tener problemas debería comenzar por ser más amable. No sabe cuántas puertas abre una sonrisa.

Y como demostración de sus palabras exhibió una gran sonrisa, alargó un brazo y estrechó la mano del vigilante.

— No lo olvide, *monsieur*.

— No lo haré, señor Polrot.

— Hay una cosa más que querría saber. Es sobre la señorita Hopper.

Dijo señorita Hopper de una manera extraña, como si hubiese estado a punto de decir otra cosa.

— ¿Qué quiere saber de Bedelia?

— Algo muy sencillo. ¿Hace cuánto se conocen?

— Unos cuatro años. El día que llegué a la urbanización estaba trabajando ya para los O'Connor.

— Entré a su servicio en 1921 —terció Bedelia—. Unos diez meses antes de que llegase Raymond.

Polrot movió su cabeza de uno a otro, mirándolos fijamente.

— ¿Están seguros de lo que me dicen?

— Por supuesto —dijeron a coro.

— Ya veo —El detective concentró su mirada en Raymond y añadió—: Ha sido muy instructivo conocerle, señor Knowles. Tenga por seguro que volveremos a charlar en breve.

Ambos hombres se estrecharon la mano de nuevo. Había nacido entre ellos una especie de respeto. No es la primera vez que veo a dos gallitos discutir o incluso pegarse y luego irse a tomar una cerveza juntos. Creo que es algo primitivo, como un vestigio animal del macho de la especie, como dos ciervos que miden sus fuerzas y sus cornamentas para luego quedarse cada uno en su territorio, sin traspasar el del otro.

— ¿Vamos ya a casa de los O'Connor, *madame* Darnes? —dijo Polrot, caminando a toda velocidad, como si su pequeña explosión de ira le hubiera dado una nueva vitalidad.

— Sí, por favor. Tengo que recoger a los niños. Y preparar la cena. Y...

— No lo digo por eso. Es hora de que Polrot hable con ellos.

— ¿Y por qué?

— Hasta ahora he recibido mucha información de Lily Rider. Pero toda de labios de los adultos de Styles Mansions. No necesito más. Tengo incluso demasiada. Ahora quiero saber lo que pensaban sus iguales. Ellos, créame, conocieron a la verdadera Lily y saben más del caso que todos ustedes juntos.

— ¿De verdad lo cree?

— Estoy totalmente convencido de ello.

CAPÍTULO 14:

Hablan los niños

— Lily era rara —dijo Marcia.

Polrot se había quedado a solas con los niños en la habitación de juegos de la casa de los O'Connor. Se trataba de un desván acondicionado por Bedelia para la niña y sus amigos. Había todo tipo de cachivaches, baúles con disfraces y una gran casa de muñecas. Y, sobre todo, mucho espacio para correr. Las casas de Styles Mansions estaban sólidamente construidas y apenas se oía a los pequeños brincando convertidos en piratas o hadas del bosque.

— ¿Por qué piensas que era rara? —preguntó Polrot.

El detective estaba sentado en medio del desván, junto al baúl de los disfraces, la espalda apoyada contra el mismo. Yo contemplaba la escena desde la puerta, permitiendo que mis hijos y su amiga intimasen a su gusto con aquel extraño. Como todo lo que es nuevo, Polrot les fascinaba. Habían estado más de media hora haciéndole preguntas sobre cómo era Europa, cómo vestían las señoras, cómo eran los coches o si era cierto ese rumor de que la gente conducía al revés, por la izquierda. Una vez Héracles les contó todo lo que pudo y fue capaz de hacerles entender, llegó el turno de sus preguntas. Para entonces ya se había ganado la confianza de su auditorio.

— A veces jugaba pero estaba triste —respondió Marcia—. No quería estar con nosotros la mayor parte del tiempo. Decía que no hacíamos nada que a ella le gustase.

— ¿Por ejemplo?

— Yo pinto —dijo Marcia.

— A mí me gustan las carreras de coches —saltó Jacob, cogiendo un volante imaginario y haciendo el ruido del motor con la boca.

— A mí me gusta la naturaleza, los animales, esas cosas —manifestó Theo—. Aunque también juego con mi hermano al fútbol, hago un poco de todo. Y hasta a veces pinto con Marcia, no esos cuadros de flores que ella hace. Yo prefiero pintar conejos, ardillas, ya sabe. Cosas chulas.

Marcia le dio un codazo mientras soltaba una carcajada.

— No vas a comparar mis campos de margaritas con esos cuadros horribles que haces de animales. Los tuyos son feos y refeos.

— Feos y refeos son tus cuadros de florecillas y tus paisajes.

— No. Feos y refeos son...

— Por favor, *mes chers petits amis* —le interrumpió Polrot—, seguro que cada obra tiene su mérito y que a ninguno os faltan capacidades. Pero me gustaría que nos centrásemos en la personalidad de Lily.

— Qué bien habla usted —dijo entonces Theo—. Me gustaría hablar un día como el señor O'Connor o como el señor Polrot.

Theo era muy estudioso, muy observador y probablemente el más maduro de los tres, pese a ser varios años más pequeño que su hermano.

— Querido Theo —dijo Jacob, imitando una voz gruesa de adulto con acento francés—, alabo "sobremaneramente" su interés en aprender. Un día será usted un hombre de provecho.

Las risas se redoblaron.

— El señor Polrot no habla así —chilló Marcia—. Además, "sobremaneramente" no significa nada. Está mal dicho. ¿A qué tengo razón?

Polrot tardó un rato en calmarlos. Cuando por fin lo hicieron, llegó el momento de las confidencias. Porque a aquellas alturas, Héracles era ya un miembro honorífico de la pandilla.

— La madre de Lily la pegaba. Mucho —confesó Theo.

— Fiona la mala persona —dijo Marcia—. Así la llamábamos.

— Fiona la mala persona siempre estaba borracha —añadió Theo—. Como el tío de Marcia, ¿cómo se llama?

— Frank. Cuando vamos a Irlanda de viaje, mi tío Frank siempre está borracho en las reuniones familiares. Pero eso no quiere decir que esté en el suelo durmiendo la mona. Se mueve, habla, parece un adulto normal pero si te fijas con cuidado te das cuenta de que lleva tanto tiempo bebiendo que ha aprendido a que no se vea, a disimular. Eso mismo hacía Fiona la mala persona. Bebía justo hasta poder seguir disimulando. Pero reaccionaba lento si se caía alguna cosa, como el tío Frank, o si intentaba hacer un movimiento rápido. Una vez Fiona trató de dar una bofetada a Lily, falló y perdió el equilibrio. Dio una voltereta y todo en el suelo. Se puso a llorar y se fue para su casa. Nadie la consoló. A nadie le gustaba.

Polrot miró hacia los cuadros de margaritas de Marcia, apilados al final del desván, bajo una claraboya.

— ¿Lily tampoco os gustaba?

— Quisimos meterla en el grupo —terció Jacob—. Alguna vez jugaba con nosotros. Pero al final no quiso ser de la pandilla. Decía que todo el mundo era malo en Styles Mansions, que no se fiaba de nadie.

— Igual tenía sus razones, era una pobre niña maltratada. Debía resultarle muy difícil confiar en otros seres humanos.

— Tal vez deberíamos habernos esforzado más en que se hiciese nuestra amiga —opinó Marcia—. Tal vez...

La niña se calló y se quedó pensativa.

— El marido de Fiona siempre estaba fuera, así que ella no tenía a nadie más que a Lily —dijo entonces Theo—. Y Lily solo tenía a su madre.

— Lily solo salía de casa cuando su madre estaba demasiado borracha hasta para pegarla —aclaró Jacob—. Y entonces nos vigilaba. A veces nos la encontrábamos detrás de un árbol, en cuclillas, mirando cómo Bedelia iba a casa del vigilante. O la veíamos tirada en un seto, observando al Coronel hablando con su esposa. O...

— Hasta tomaba notas en una libreta para recordar todas las cosas malas que, según ella, pasaban en este lugar —le interrumpió Marcia.

— La mayoría se las inventaba —se apresuró a decir Theo.

— Yo diría más bien que exageraba —puntualizó Jacob—. Todo tenía algo de verdad, pero luego se dejaba llevar por la imaginación. Como cuando dijo que los señores O'Connor se escondían de la policía porque habían cometido muchos delitos.

— Pero ese ejemplo que has dado es una mentira y nada más —dijo Marcia—. Mis padres no han cometido delitos ni se esconden de nadie.

— A eso me refiero —explicó Jacob—. Si un día tu padre se metía en su estudio a trabajar precisamente cuando la policía se pasaba por cualquier motivo, aquella casualidad hacía que Lily dejase volar la imaginación. El señor O'Connor se escondía porque era un criminal, un ladrón de joyas internacional, o lo que fuese.

— En resumen, mentiras basadas en humo. Mentiras y nada más —concluyó Theo.

Polrot levantó una mano para llamar la atención de la pandilla.

— Habladme de su libreta. Nunca había oído hablar de ella hasta ahora.

— Era una libreta en forma de corazón —explicó Marcia—. Negra con globos rojos por delante. Solo negra por detrás. Unas quince o veinte hojas.

— *Mademoiselle*, ¡qué buena memoria!

— ¡Gracias! Lily me la enseñó una vez. Una de esas raras veces que estaba de buen humor. Se la acababa de regalar su padre. Era una libreta para hacer poesías y ella quería ser poetisa. Eso me dijo. Pero al día siguiente John Rider regresó a Leeds a trabajar y su madre le dio una de las mayores palizas que recuerdo. Lily fue con el labio hinchado dos semanas. Y durante esas dos semanas no habló con nadie. Yo la saludé un par de veces pero ella volvía la cabeza. Mi madre estuvo a punto de denunciar a Fiona. Pero mi papá le dijo que aquí, en Styles Mansions, cada uno va a lo suyo.

— Aquí todos somos celosos de nuestra intimidad. No nos metemos en las vidas de los demás —entonó Polrot de memoria.

— ¡Eso fue lo que dijo exactamente! —se sorprendió Marcia.

— No es la primera vez que lo oigo de labios de los propietarios. Por desgracia.

Polrot se quedó en silencio un instante. Sabía que con los niños no se puede uno callar mucho tiempo o se arriesga a que su atención derive hacia cualquier otra cuestión o juego. Así que se apresuró a decir.

— ¿Conocéis bien a Claudia Weaver?

— Es buena chica. Sale poco de casa —dijo Jacob.

— Es solo algo mayor que tú. ¿Hablasteis alguna vez?

Jacob se echó a reír.

— Yo tengo 13 años y ella tiene 19. Es bastante más mayor. Habla poco, siempre está afónica. Por su enfermedad, creo.

— Algo de los pulmones o del corazón o de los huesos —enumeró Marcia—. Nunca hemos sabido qué le pasa en realidad. Pero siempre va muy tapada. Hasta el cuello. Y habla en un hilo de voz, muy flojito, como dice Jacob. Pero sus padres son buenos, no es como con Fiona la mala persona. La cuidan, siempre están mimándola. La hacen regalos y procuran que sea feliz. Unos padres normales, vaya.

— Solo que no la dejan salir de casa —dijo Polrot.

— Eso es porque está enferma, ¿no?

Polrot negó con la cabeza.

— A veces alguien puede parecer enfermo y no estarlo en absoluto.

— Claudia lleva un tiempo investigando sobre Lily Rider —dijo entonces Theo.

— ¿De verdad? —Polrot fingió ignorancia.

— Sí. Me dijo que tenía una pista.

— ¿Una pista?

— Algo sobre el vigilante. Me preguntó si sabía de dónde sacaba el dinero. Yo le dije que no tenía ni idea. Y ella me dijo que cogería un tren para estar segura de que su corazonada era la correcta.

Aquella afirmación dejó desconcertado a Polrot. Lo conocía lo suficiente (o tal vez llevaba observándolo lo suficiente) para saber cuándo algo no encajaba en el castillo de naipes que poco a poco había ido construyendo en su mente.

— ¿Estás seguro de que viajó a Bilton para investigar sobre Raymond Knowles?

— No sé dónde iba —reconoció Theo—. Estaba hablando del vigilante y luego me dijo que iba a coger el tren porque tenía una corazonada. Pensé que hablaba del mismo tema.

— ¿Y eso cuándo pasó?

— El lunes, un día antes de que desapareciese.

— ¿No te dijo nada más?

— Ese día no. Días atrás nos preguntó sobre los papás de Marcia, sobre si estando aquí en la casa habíamos visto algo raro.

— ¿Raro?

— Sí. Algo raro o gente rara. ¿Recuerdas, Jacob?

— Claro —dijo su hermano—. Yo estaba con Theo. Claudia quería saber si habíamos visto algo raro, gente sospechosa en esta casa, gente que no fuese de Styles Mansions.

— No me habíais contado nada —dijo Marcia.

Jacob se encogió de hombros.

— Le dijimos que no y ya está. No le dimos más importancia. Aunque fue la vez que más rato he hablado con Claudia en mi vida.

Luego de dos o tres preguntas más, se hizo evidente que la pandilla no sabía nada más de Claudia. Y hacía rato que el tema Lily se había agotado. Además, los niños comenzaban a estar distraídos, ya no prestaban atención a la investigación ni a la presencia del detective. Jacob cogió un coche de juguete y lo hizo rodar sobre la tapa del baúl de disfraces. Cayó al suelo con estrepito. Theo, al oírlo se lanzó a por el vehículo y los dos muchachos forcejearon entre chillidos.

— *Au revoir, braves petits.*

Polrot aprovecho que Marcia se unía, entre risas, a la refriega, para levantarse, estirar su traje, recomponer sus vestiduras y marchase con aire distraído, concentrado en lo que acababa de averiguar.

— ¿La conversación ha ido como usted esperaba? —le pregunté cuando pasó a mi lado.

— Ha sido muy fructífera, si a eso es a lo que se refiere. Esos niños sabían aún más cosas de las que era previsible suponer, ¿recuerda que se lo dije antes de venir?

— Sí.

— Pero me ha preguntado si la conversación ha ido como yo esperaba. Y en eso no puedo responder afirmativamente. La conversación no ha ido en absoluto como yo esperaba. Las cosas que me han dicho los niños no encajan con algunas ideas que me había ido formando. Así que debo echarme a dormir y reflexionar.

— Seguro que mañana, una vez despejado, lo verá todo más claro, *monsieur*.

Una vez más, Polrot me daba la impresión de ser distinto al hombre que yo había imaginado leyendo las novelas de Agatha. ¿Y si estaba equivocada? ¿Y si aquel hombre era solo un refugiado belga que hacía de detective? No por ser refugiado belga y detective te conviertes inmediatamente en Hércules Poirot.

— Eso espero, *madame*.

Comenzó a descender del desván a la planta baja. Me pregunté qué iba a hacer si Polrot no descubría la verdad. ¿Tendría que actuar yo misma? ¿Tendría que dejar de ser Hastings para erigirme en el héroe de aquella historia? ¿Era yo el verdadero Poirot? ¿Era yo la que tenía que impartir justicia?

— Supongo que buscará en casa de los Rider esa libreta en forma de corazón —dije, tratando de huir de los pensamientos ominosos que me obsesionaban.

Polrot se detuvo en medio del rellano. Miró en mi dirección, asomado al hueco de la escalera.

— Por supuesto, *madame* Darnes. Nada más llegar a casa revisaré la habitación de Lily. Cada baldosa, cada madera del suelo. ¿Sabe que no la han tocado?, ¿que sigue igual que el día que desapareció? Tal vez sea la mejor decisión que tomaron sobre su hija. Tal vez me ayude a resolver el caso.

— Ojalá.

Polrot sonrió, se tocó el ala de su sombrero y prosiguió su descenso.

— Ojalá lo resuelva pronto, *monsieur* —murmuré en voz baja, casi inaudible hasta para mí y por supuesto imperceptible para Polrot—. No podré esperar mucho más.

CAPÍTULO 15:

El monstruo

Los niños seguían jugando en el desván. Bajé al salón de los O'Connor. Shaun no estaba, seguramente andaba en su estudio, inmerso en alguno de sus textos clásicos. Effie se hallaba tejiendo una prenda de lana. Escuchaba la radio, un programa religioso. Cuando me vio dejó su costura, apagó la radio y se levantó:

— Acompáñeme. Ya.

No me esperaba que me diese órdenes, al menos una tan tajante. Pero decidí obedecer. Salimos al jardín y de allí al camino vecinal que atravesaba nuestras casas y daba a la falda de la montaña.

— Por aquí.

Nos alejamos unos pocos metros por el camino principal hasta abandonarlo por una pequeña vereda que desembocaba en un claro muy empinado. Desde allí hablaríamos en privado, en total soledad. Y tenía la ventaja de que podíamos ver la casa y vigilar a los niños, cuyos chillidos oíamos todavía a lo lejos.

— Me ha dicho mi marido que le ha amenazado. Esta mañana no le dije nada porque estaba el entrometido ese de Polrot. Pero ahora quiero que me dé una explicación.

Así que era eso. Pensé que se trataba de algo más importante.

— No fue una amenaza sino un intercambio de favores. Él no hablaba de nuestra conversación y yo no decía nada de vuestra discusión con Claudia.

— Usted no sabe nada de lo que hablamos con Claudia. No tiene nada que ver con Lily y todavía menos con su desaparición o la de la propia Claudia.

— Eso yo no lo sé. Ni me importa. De todas formas, su marido parecía interesado en que nadie conociera lo que hablaron con la muchacha.

— Claro. Por precaución. Todo el mundo puede ser sospechoso en una investigación como esta. Contra menos se habla de uno... pues mucho mejor.

— Entonces está de acuerdo y el acuerdo sigue en pie.

Effie resopló, llena de rabia.

— Sigue en pie. Pero no me ha gustado que amenazase a mi marido. Pensaba que era usted una buena persona.

— Ya le he dicho que no lo amenacé sino que le planteé un acuerdo satisfactorio para ambos. Si no tuvieran algo que ocultar no tendrían que avenirse a este tipo de acuerdos.

Mi vecina echó un brazo hacia atrás, como si fuera a abofetearme. Por un momento estuve convencida de que me iba a golpear. Nunca hubiese imaginado que tuviese tan mal carácter.

— Lo que no entiendo —prosiguió Effie, tras serenarse—, es por qué no quiere revelar a Polrot que piensa que fue Fiona Rider la que mató accidentalmente a Lily de una paliza. Si tiene alguna prueba o vio algo, lo que fuese, podría usted acabar con esta investigación, con toda esta historia de policías y de detectives. Dormiríamos todos mucho más tranquilos.

— Yo solo le pregunté a su marido si alguien que mata a un hijo accidentalmente puede ir al Paraíso. El resto se lo imaginó Shaun cuando...

Shaun O'Connor había explicado a su esposa lo que hablamos. Y entre lo que él no había entendido y lo que Effie se imaginaba, mis dudas originales sobre el pecado y la paternidad se habían distorsionado por completo. Como prueba de ello, mi vecina me interrumpió para decir:

— Eso todavía lo entiendo menos. ¿Qué le importa que Fiona vaya o no al Cielo? Ya está muerta. Esa mujer se merecía el infierno incluso antes de desaparecer su hija. Recuerde cómo la trataba.

— Está usted extrayendo conclusiones precipitadas.

Effie abrió mucho los ojos.

— Conclusiones precipitadas. ¡Oh, Dios! ¡No está hablando de Fiona! Piensa que fue el padre de la niña, que fue John Rider.

Callé. No quería decir nada más sobre el asunto.

— Pero si fue John... —prosiguió Effie, como un perro de caza que no abandona un rastro— ¿por qué nos ha traído a Styles Mansions a ese francés entrometido?

— Belga.

— ¿Qué?

— Que no es francés, es belga.

— ¿Qué más da?

— No creo que a él le diese igual. Sea como fuere, no es asunto nuestro por qué razón John Rider ha pagado a ese detective. Tenemos que ayudarle y ya está.

— No creo que le estemos ayudando mucho si no le decimos todo lo que sabemos, querida Miranda.

— Hay cosas que no necesita saber... querida Effie.

— ¿Como sus sospechas sobre los Rider?

— O como la discusión que tuvisteis con Claudia Weaver poco antes de que desapareciese.

La señora O'Connor miró hacia su casa. Las voces infantiles y los gritos habían cesado.

— Quiero que sepa que me callé también lo de la voz de su marido. No le dije nada al detective y tuve la oportunidad. Porque yo sí soy buena persona.

Me quedé helada.

— No sé a qué se refiere.

— A esa voz sobre la que me preguntó Polrot. Esa voz que gritó hace dos días "maldita idiota, ¿qué vas a hacer?". Sé que es su marido. Sé que ha vuelto y que lo tiene usted en casa. No lo he visto pero sé que anda por ahí, escondido. Porque es la frase que él le decía siempre cuando perdía la cabeza. ¿O se le ha olvidado?

— Se equivoca. Roger está muerto.

— Eso es lo que nos contó. Recuerdo que Roger estaba enfermo hacía tiempo, le gritaba y vociferaba "idiota, ¿qué vas a hacer?". A todas horas. Hace unos tres años se lo llevaron a un hospital; un tiempo después nos explicó que ya estaba muerto y enterrado en Escocia, con su familia. Pero ahora vuelvo a oír su voz. O sea que no está tan muerto ni tan enterrado.

— Lo está.

— ¿Va a negar que es él quien grita?

— ¡Usted no sabe nada sobre Roger y sobre mí! ¡Nada!

Me volví y comencé a caminar hacia la casa de los O'Connor. Effie me cogió del brazo antes de que me incorporase al camino.

— Pues cuénteme lo que pasa.

— Si yo fuese usted, amiga mía, me cuidaría de mis propios problemas. No solo de la discusión que tuvisteis con Claudia o de esos hombres extraños que a veces traéis a casa. Si no también de ese otro lío que te traes entre manos. Hace un rato me dijo el mismo Polrot que la señora O'Connor tiene un secreto particular, uno solo suyo. Añadió que en su opinión es usted una mujer profundamente infeliz y resentida. Cuando le oí describirla de esa manera comprendí la verdad y ahora tengo una idea más que precisa de ese secreto. Señora mía, tiene demasiados problemas ya para preocuparse por los de los demás. Si su marido supiese lo que está planeando...

Effie levantó su mano derecha, como si fuese por fin a abofetearme. Callé a media frase. Nos miramos una breve fracción de segundo y volví a preguntarme como, en todos aquellos años, no me había dado cuenta de que era una mujer tan airada y violenta.

— ¡Eres una puta, Miranda!

No llegó a golpearme. Se marchó a la carrera hacia su casa. Suspiré aliviada y me senté en un tocón junto al camino, justo donde se bifurcaba el sendero.

No sé el tiempo que estuve allí en silencio, pensando en cómo se estaba enredando todo y comenzaba a escapar de mi control. Tal vez un par de minutos. Puede que más. Fue entonces cuando oí su respiración, entrecortada, detrás de un árbol. ¡Nos había estado espiando! ¿Cuánto tiempo? ¿Toda la conversación?

— ¡Effie O'Connor sabe la verdad! ¡Por tu culpa, maldita idiota!

Era la misma voz monstruosa que Polrot oyera cuando llegó a Styles Mansions. Aquella voz que no parecía humana. Sin edad, sin memoria, solo maldad pura. Una voz llena de odio, de locura, dominada por una inmensa perversidad. La voz de un monstruo. Aunque a veces no lo era. No, en absoluto. Podía ser una persona buena y atenta si se lo proponía. Pero el monstruo terminaba siempre por aparecer.

— No, no sabe nada —dije, tratando de calmar al monstruo.

— ¡Ha reconocido mi voz!

— Pero se ha equivocado. No sabe toda la historia y no podrá atar cabos. Además, creo que has oído lo que hablábamos. Entonces ya sabrás que tiene sus propios problemas y se mantendrá callada.

— ¿Y si no lo hace? ¿Y si habla con el detective? Entonces estaremos perdidos. Él sí será capaz de atar cabos.

— Yo lo solucionaré. No te preocupes.

— ¿Tú? ¿Tú lo solucionarás?

La voz sonaba ahora con un tono de burla y de profundo desprecio.

— Puedes confiar en mí. Si te digo que lo solucionaré es que lo soluc...

— Dime, maldita idiota, ¿qué vas a hacer para solucionarlo? ¿Qué vas a hacer?

— Distraeré su atención. Es el momento de que Claudia entre en escena.

No nos dijimos nada más. El monstruo me dio la espalda y desapareció entre los árboles. Entonces me senté de rodillas y recé largo rato a Nuestra Señora de Walsingham. Saqué el colgante y lo besé con devoción.

Y le pedí ayuda en aquella hora decisiva, terrible, de mi vida.

> Padre omnipotente de mi Señor Jesucristo, tú has revelado tu poder en la humilde figura de la Virgen María, Madre de nuestro Salvador.
>
> Que las oraciones de Nuestra Señora de Walsingham traigan a Jesús al mundo. Y que los corazones de todo tu pueblo se regocijen con su presencia divina, que vive y reina contigo.
>
> Amén.

Entonces volví al camino. Avancé con determinación hasta la casa de los Weaver. Las luces estaban apagadas. Eran personas de costumbres y se iban pronto a dormir. Aquello facilitaría las cosas.

— Padre omnipotente de mi Señor Jesucristo... —recomencé la oración.

Cuando llegué a la salida de su jardín me detuve y caminé en línea recta hasta el primer árbol de la montaña. Era un viejo arce, altísimo, de largas ramas.

— Tú has revelado tu poder en la humilde figura de la Virgen María, Madre de nuestro Salvador.

Di la vuelta al arce y metí la mano entre un montón de hojas secas. No tardé en encontrar el cadáver de Claudia. Tenía un corte tan profundo en la garganta que su cabeza pendía a un lado, casi separada de los hombros.

— Que las oraciones de Nuestra Señora de Walsingham traigan a Jesús al mundo.

Cogí a la muchacha por los hombros y la arrastré de vuelta al camino. La dejé delante de la puerta del jardín trasero de Margaret, de mi vieja amiga. Cuando se levantase se encontraría a su hija, muerta, virtualmente decapitada.

— Y que los corazones de todo tu pueblo se regocijen con su presencia divina, que vive y reina contigo.   Amén —terminé mi oración.

Levanté la vista hacia la ventana de la habitación del matrimonio, en la segunda planta. Una parte de mí deseaba que Margaret estuviese despierta, o que se hubiese levantado a por un vaso de agua. Un grito, un aullido de sorpresa o de terror y me descubrirían transportando un cadáver. Entonces, todo mi sufrimiento y mis dudas acabarían.

Pero nada sucedió. Mi plan seguía en marcha. Si Polrot no actuaba en breve, yo tendría que dar caza a un asesino y salvar a un inocente. Tal vez a dos, porque sabía perfectamente que el monstruo acabaría por atacar a Effie O'Connor.

— Perdóname, Claudia —dije a la pobre muchacha, manchada aún de tierra y hojas secas—. Pero tengo que dejarte aquí, sola, unas horas. Luego vendrán a por ti. Te lo prometo. Y te prometo también que tu muerte no quedará impune.

LIBRO TERCERO

3 DE DICIEMBRE DE 1926

(Viernes: un día atrás)

CAPÍTULO 16:

La libreta de Lily

No dormí en toda la noche. ¿Cómo iba a hacerlo? Me había convertido en cómplice del monstruo. Aunque ya lo era desde hacía días. Desde la noche en que llegó Polrot, la noche que enterré a mi dulce perrito, el pequeño Charlie. Aquella noche todo cambió. Nada volvería a ser como antes.

Vagué como una sonámbula por mi casa, di vueltas y más vueltas. Lloré y me cansé de llorar. Se me acabaron las lágrimas.

Pero no me sentía culpable. No podía permitir que el monstruo siguiese matando, que siguiese involucrando a inocentes, que matase a más vecinos de Styles Mansions. Así que las cosas debían acelerarse, Polrot tenía que descubrirlo todo de una maldita vez y...

Y...

Y entonces podría por fin echarme a dormir y a descansar.

Descansar...

Descansar...

Descan...

Un ruido. Una luz.

"¿Qué es eso?", pensé, al vislumbrar un resplandor al otro lado de la calle.

Las luces de la vivienda que ocupaba el detective estaban encendidas... ¡A las 5 de la mañana! ¿Estaría buscando la libreta de Lily Rider? ¿La habría encontrado ya? Necesitaba saberlo. Necesitaba saber hasta qué punto estaba cerca de la verdad.

Así que tomé una decisión arriesgada. A causa de la falta de sueño me sentía acelerada, como si estuviese algo achispada, y tal vez por eso actué sin pensar. Caminé con sigilo cruzando la calle principal. Aún era noche cerrada y la penumbra fue mi aliada en aquella misión. Con gran esfuerzo salté la pequeña verja y entré en la propiedad. Polrot la había cerrado aquella noche. Había sido precavido. No podía echárselo en cara tal y como estaban marchando las cosas.

Entregada a mi papel de espía, fui avanzando en cuclillas por su jardín, embutida en mi grueso pijama de dormir. No tardé en llegar a la ventana desde la que había llamado su atención solo 48 horas antes.

Encontré a Polrot en la misma posición que la vez anterior: sentado en el sofá del salón, vestido con su elegante batín morado.

Y también como la vez anterior, estaba al teléfono.

— No, no, *monsieur* Rider. *Pas du tout. Je suis certain. Mais oui.* Estoy seguro de que la investigación acabará pronto. Un día, máximo dos. Estoy cerca de resolver el caso.

Polrot asintió ante algo que le decían al otro lado de la línea.

— Sé que no tiene mucho tiempo. Sé que está muy enfermo. Pero debe confiar en mí. En este momento dudo entre dos sospechosos, tal vez tres, aunque el tercero no termina de convencerme. Pero pronto las dudas se disiparán. La clave de todo la tiene *madame* Darnes.

Al otro lado de la línea alguien volvió a hablar.

— No. Ella no es la asesina. En absoluto. Me pregunto, no obstante, qué relación tenía usted con ella. ¿Muy próxima? Le pido que sea sincero. Aunque sea un hecho que pueda hacerle... sonrojar, que sea, como lo diría, algo vergonzante. *C'est ça.* Vergonzante es la palabra. Ah, ¿solo un beso? *Je comprends.*

Desde mi escondite bajo la ventana, yo misma me sonrojé. John le estaba contando la historia de aquella vez que nos besamos. John era un galán, el tipo de hombre que gusta a cualquier mujer. Mi Roger estaba internado en el hospital y yo me sentía sola. Comenzamos a hablar y, sencillamente, pasó. Desde entonces, John y yo estuvimos muy unidos, nos hicimos muchas confidencias, aunque no volvió a suceder nada entre nosotros. Más tarde, cuando Lily desapareció, todo el universo de John se vino abajo. La culpa le devoraba y no confiaba en nadie. Se marchó de Styles Mansions y no volví a verle.

— ¿Es todo? *Bon*. Le llamaré en cuanto haya atrapado al asesino. Sé que le queda poco tiempo. Le reitero que debe confiar en mí. Polrot le promete que, si aguanta un poco más, sabrá quién se llevó a su hija. *Merci.*

Héracles colgó el aparato. Parecía acongojado tras la conversación con John Rider. Suspiró. Hizo ademán de levantarse del sofá pero, de pronto, el teléfono sonó de nuevo.

— Allo? *Quoi?.* ¿Cómo ha conseguido este número? ¿Cómo se atreve a llamarme? Le prohíbo que vuelva a hacerlo. La última vez que hablamos fui muy claro. Tajante. No quiero que usted vuelva a dirigirse a mí jamás y que...

Polrot hizo una pausa. Su rostro denotaba sorpresa.

—¿Qué significa cuestión de vida o muerte, *madame*?

El detective sacó un cigarrillo de una diminuta pitillera y lo encendió.

— No sé si debería ayudarla. Usted no me ha ayudado nunca a mí. Es más, me ha causado muchos problemas. Pero si tan importante es ese asunto le diré dónde encontrarme.

Su interlocutora tenía otros planes. Pero Polrot fue categórico.

— Estoy en el momento decisivo de una investigación y bajo ningún concepto voy a abandonarla. Si quiere verme tendrá que venir a Styles Mansions, en la montaña Hill Moor, cerca de Harrogate. ¿Conoce la zona?

Polrot dio una larga calada a su cigarro.

— *Très bien*. Aquí nos vemos. *Au revoir, madame.*

Y colgó sin más ceremonia. Era evidente que la persona que acababa de llamarle no era de su agrado. De hecho, estrujó el cigarrillo entre sus manos y lo arrojó al suelo. No obstante, comprendió al instante el error cometido y fue a buscar un recogedor, dos paños, un líquido en una gran botella y una fregona. Lo limpió todo con escrupulosidad. Tardó más de cinco minutos.

Durante esos minutos reflexioné sobre lo que había oído. La primera vez que lo espié mientras estaba al teléfono, al poco de conocernos, pensé que hablaba del caso con Agatha Christie, pero no, era con John Rider. Me había dejado llevar por la imaginación y por las ganas de que aquel hombre fuese el detective de sus novelas o al menos la persona en la que se había basado para componer el personaje. Hoy de nuevo estaba hablando con John, incluso había dicho su apellido.

¡Un momento! ¿Y si el segundo interlocutor, el que acababa de llamarle, era, esta vez sí, Agatha Christie? La había llamado *madame*, luego era una mujer. ¿Estaba enfadado con Agatha porque había creado un personaje que se le parecía demasiado, con un nombre casi idéntico? Ella le pedía ayuda y, pese a su enfado, él la había invitado a venir a Rider House. ¿Eso significaba que Agatha Christie en persona llegaría en breve a la urbanización? ¿Era eso posible o se trataba otra vez de una mala pasada de mi desbordante imaginación?

Mientras me dejaba llevar por mis locas teorías, Polrot terminó de limpiar. Volvió a sentarse. El detective metió la mano en el bolsillo derecho de su batín. Extrajo una libreta en forma de corazón.

"¡La había encontrado!", pensé. Aquella libreta podía ser decisiva. Tal vez le diera una pista sobre el asesino. Pero, por otro lado, tal vez desviara su atención hacia alguno de los cómplices del monstruo, personas como yo misma que le ayudábamos contra nuestra voluntad. Aquella libreta podía convertirse en la solución del caso o en el peor de mis problemas.

— La señora Effie O'Connor es mentirosa —dijo Polrot en voz alta—. La mentirosa quiere marcharse, irse muy lejos y habla con sus amigas por teléfono cuando su marido no está. Quiere volver a Irlanda o irse a otra parte. También habla con el hombre del sombrero y le acaricia la cara.

El detective se humedeció el dedo corazón y pasó la siguiente hoja.

— El señor O'Connor es un carcelero. Trae a señores por la noche. El señor carcelero los esconde en su estudio. Hablan de cosas que no se entienden. También es mentiroso.

Polrot miró la siguiente página. Su boca se abrió pero no emitió sonido alguno. Estaba estupefacto.

— Animales muertos, sin ojos... —leyó con dificultad, como si la letra en esa página fuese errática, más difícil de leer—. Huelen mal. Los animales chillan. La risa es de miedo.

Otra página más. Polrot hizo un gesto de alivio.

— La que no es ella esconde quién es. Pero es buena conmigo. Aunque también es mentirosa. ¿Solo hay mentirosos en Styles Mansions?

Polrot miró con cuidado la hoja, como si buscase el nombre de la persona a la que se refería. No lo halló y musitó algo que no entendí. Tal vez "sacré". Volvió otra hoja.

— Mi papá solo piensa en trabajar. En trabajar y en la otra mujer.

Y luego otra:

— No quiero que me pegue más. La quiero.

Polrot dio la vuelta a la siguiente hoja, con frenesí, enfadado.

— El hombre del sombrero es débil. Es como yo. Está solo en medio de la gente. Pero tiene demasiado miedo. No puedo fiarme.

Durante más de un minuto no pasó nada. Como si Polrot reflexionase, luego humedeció de nuevo su dedo.

— Animales muertos. Cuando se les corta el cuello mueren lentamente. Mueven sus patitas mucho rato. El cuchillo se mueve muy rápido y la vida se acaba.

Héracles abandonó de nuevo la lectura. Encendió otro cigarrillo. Sus manos temblaban. Dijo:

— *Cette enfant*, Lily... parece más una asesina que una víctima. Una niña maltratada que vigila obsesivamente a sus vecinos y tortura animales. Sería más comprensible que otro niño hubiese desaparecido y descubriésemos que ella es la asesina. O que hubiese matado a su madre, esa maldita abusadora. *Non*. Algo me falta. Sigo sin ver esa pieza que no está. Lily descubrió muchas cosas de los habitantes de esta urbanización. Pero no desapareció por eso. Es como si...

No pude oír ni una palabra más de lo que decía entre dientes. Hablaba demasiado bajo. Y entonces dejó la colilla descansando en un pequeño cenicero y tomó la libreta. Leyó:

— La señora Vergüenza habla mucho para que no sepan lo que piensa. Se avergüenza de la que no es ella, por eso la llamo así. El hombre del sombrero la mira. La señora hace ver que no lo ha visto. El señor Vergüenza llora por la noche. La que no es ella lo sabe. Se quiere morir. El señor Vergüenza es infeliz. Coge su pistola, se la pone en la boca. Pero no dispara.

Polrot asintió, como si algo hubiese encajado dentro de sus razonamientos. La siguiente hoja mostró un nuevo secreto:

— La dama boba es una ladrona. Pero a nadie parece importarle. No es tan boba como parece.

Un reloj de cuco dio la hora. Las seis de la mañana. Se me erizó el vello de todo el cuerpo. Tal vez por el frío, que casi no había notado inmersa en mis labores de espía. Pero no, no había sido por eso. A las seis en punto se despertaba Margaret Weaver.

— ¿Sabe ella lo de los animales? Me mira extraño, como si lo supiese y no quisiese hablar conmigo de ello —prosiguió su lectura Polrot—. Yo creo que no quiere saberlo. Ella podría ser mi amiga. Pero no lo es.

Solo faltaba una hoja. Una ceja enarcada me mostró que el detective había encontrado algo que no esperaba.

— ¿Sabe ella lo de los animales? Me mira extraño, como si lo supiese y no quisiese hablar conmigo de ello. Yo creo que no quiere saberlo. Ella podría ser mi amiga. Pero no lo es.

Las dos últimas páginas decían lo mismo. Exactamente. Polrot avanzó y retrocedió de una a otra, buscando diferencias. No las halló y se echó atrás en el sillón. Dejó caer el cigarro en su cenicero diminuto, que sostuvo en la mano antes de dejarlo en la mesa. Luego cogió de nuevo la libreta de Lily Rider. Pero antes de que pudiera abrirla se escuchó un aullido.

Fue un sonido terrible, rasgado, inhumano. El grito de alguien enfrentado a un dolor peor que la muerte, peor que morir no una sino un millón de veces.

Un millón de veces.

Polrot no sabía de qué se trataba y salió a la carrera de la casa. Me agazapé, pegada a la pared. Pensé que no me había visto. El detective abrió con su llave la puerta del jardín y se alejó a grandes zancadas hacia el origen del sonido, de aquel grito espantoso, que no tardó en reproducirse.

No, Polrot no sabía de qué se trataba. Pero yo sí. Era Margaret Weaver, que, como todas las mañanas, había salido a pasear por su jardín mientras se tomaba una infusión. Y, tal y como yo había previsto, se había encontrado con un cadáver casi decapitado y sucio de hojarasca.

El cadáver de Claudia, su única hija.

CAPÍTULO 17:

Un cadáver

El caos había devorado Styles Mansions. Los gritos desgarradores de Margaret atronaban como cañones que anunciasen el fin del mundo.

Crucé la calle y entré a hurtadillas en mi propia casa. Miré en derredor. Nadie me había visto regresar desde Rider House. Instantes después oí pasos y aparecí en la entrada de mi vivienda, con el pelo revuelto, para tener un testigo que pudiera contar a la policía que me vio saliendo por la puerta de mi jardín, recién levantada de la cama, sorprendida como todos por unos aullidos desconocidos y aterradores.

— ¿Sabes qué pasa? —le pregunté a Raymond, que llegaba desde la otra punta de la urbanización.

Eché a correr y coincidimos justo delante de la casa de los Weaver.

— No lo sé, Miranda. Creo que los gritos vienen de allí.

El vigilante estaba señalando hacia la vivienda de mis vecinos. En la puerta interior, pasado el jardín delantero, se veía a Polrot hablando y gesticulando. Delante de él estaba el Coronel Nathaniel Weaver y, tras ellos, varias personas que iban y venían, carreras, un nuevo grito. No pudimos distinguir ningún otro rostro. Como he dicho: el caos.

— Vamos —dijo Raymond.

Me interpuse entre él y la entrada de la casa. Me pareció ver la cabeza de huevo de Polrot observándonos. Solo fue un instante. Pero yo tenía que decirle algo a mi Raymond.

— Tenemos que hablar, cariño.

El rostro del vigilante se crispó.

— No me llames cariño en voz alta. ¿Estás loca? Nos pueden oír.

— Pues quedemos una mañana, cuando los niños vayan camino de la escuela. Y entonces...

— Miranda, pasamos un buen rato. Buenos ratos, en realidad. Pero todo eso terminó.

— Bedelia no te conviene, Raymond. Ella...

— No sabes lo que me conviene.

— Cariño, estoy sometida a mucha presión. Y me gustaría poder abrazarte una última vez. No sabes lo que estoy pasando. Nosotros tenemos algo especial.

— Miranda, no hay nosotros.

— Sí lo hay. Tú me necesitas. Me necesitas aunque no lo sepas. Y yo puedo ayudarte. Solo yo puedo ayudarte. Podríamos huir juntos y...

Raymond puso una mano en mi cintura y me separó de la entrada. Sin violencia pero con determinación.

— Miranda, no sabes lo que dices. De nada te va a servir el que insistas. Déjalo estar.

Cuando tuvo bastante espacio como para pasar, Raymond penetró en el jardín y avanzó corriendo hasta la puerta de la casa. La traspasó y llamó a gritos a su prometida.

— ¡Bedelia! ¿Estás bien?

Polrot le salió al paso.

— *Monsieur*, le pido que no grite. Demasiados gritos se han oído ya en esta casa. *Mademoiselle* Hopper está perfectamente.

El detective volvió la cabeza en ese instante. Me sonrió.

— Ah, *madame* Darnes. *C'est vous. Passez, s'il vous plaît.* Hay mucho de lo que hablar.

Avancé al interior de la casa. No tardó el detective en hacernos saber que la policía llegaría en unos minutos. El cadáver de Claudia Weaver había sido hallado en el camino trasero. Su madre lo encontró y había sufrido una crisis de nervios.

— *Pauvre madame* Weaver —dijo Polrot—. Ahora mismo la están cuidando Bedelia y la señora O'Connor. Han llegado antes que yo, alertadas por los lamentos *de la mère*.

— Tal vez debería pasarme a ver cómo está —dije, sin saber realmente qué se esperaba de mí.

Además, me sentía terriblemente culpable.

— *Pas du tout.* Ahora mismo *madame* Weaver está en el lecho. Su esposo, en su condición de médico, le ha prescrito un calmante. Está sedada y bien acompañada. Usted tiene que estar a mi lado en este momento de la investigación.

Polrot le pidió a Raymond que esperase afuera la llegada de la policía. El vigilante asintió y salió a la calle a toda prisa.

— Nosotros tres tenemos que hablar —me dijo Polrot, indicándome con un brazo que entrase en el estudio del Coronel.

Allí nos esperaba Nathaniel. Abatido pero sereno. Sentado tras una mesa de caoba, nos contempló brevemente y pidió a Polrot que cerrase la puerta.

— No tenemos mucho tiempo —dijo el Coronel—. He llamado a la policía. No tardarán.

— Unos veinte minutos al menos —manifesté—. Estamos bastante aislados.

Nathaniel, como ya demostró en nuestra anterior conversación, no parecía precisamente entusiasmado por el hecho de que en la investigación participase una mujer. Me miró con desgana, como si perdiese el tiempo volviendo la vista. Dijo:

— Igualmente, veinte minutos es poco tiempo. Luego llegará el inspector jefe McTavish y le conozco lo suficiente para saber que, en adelante, todo irá a paso de tortuga. Sus chicos tomarán huellas, levantarán el cadáver de mi Claudia, comenzarán con sus preguntas y estaremos en ello todo el día, sin avanzar gran cosa. Porque...

El Coronel se calló. Una lágrima comenzó a resbalar, lentamente, por su mejilla derecha.

— Podemos conversar en otro momento, *monsieur* —se ofreció Polrot.

— No. Mi hija está muerta. Necesito respuestas. No necesito mirar su cadáver ni lamentarme. Quiero saber quién es el asesino para...

Nathaniel alargó las manos, como si estuviese estrangulando a un ser imaginario.

— Usted, señor Polrot —prosiguió tras un instante—, me dijo que mi hija estaba en peligro, que denunciase cuanto antes su desaparición. ¿Por qué estaba tan seguro?

— La desaparición de Lily y la de su hija están conectadas. Claudia descubrió lo que le pasó a la pequeña, o una pista, o algo que el asesino o asesinos no podían permitir que se supiese. Recogió sus papeles y borró su pizarra con la lista de sospechosos porque temía que alguien pudiese verla. Pretendía ir hacia Bilton a buscar la confirmación de sus sospechas. Estoy convencido de que su idea era avisar a Scotland Yard en cuanto tuviese esa confirmación. Y fue asesinada por ello. Por eso le pedí que denunciase cuanto antes, por si aún seguía con vida. Esperaba equivocarme.

— Todo lo que dice parece lógico. Yo mismo he pensado en ello ayer mientras la buscábamos en vano en Harrogate y las villas de los contornos. Parece que perdimos el tiempo. Nunca llegó a Bilton. Y no lo hizo porque nunca salió de Styles Mansions. Alguien impidió que cogiera el tren.

La última frase del Coronel cayó como una losa. Porque eso significaba que uno de nosotros, de sus vecinos, era el asesino.

— ¿Ha visto el cadáver, *monsieur*? —inquirió Polrot, cambiando de tema—. Perdone que se lo pregunte.

— No he tenido valor para inspeccionarlo profesionalmente. Pero... pero no había muerto recientemente, si es lo que está preguntando. Y fue una muerte violenta con toda seguridad. Su cabeza... —Nathaniel tragó saliva y cambió de tema—. Debió morir en efecto antes de salir de la urbanización. Hace tres días. Ya estaba muerta cuando usted me pidió que denunciase su desaparición. No andaba usted errado, por desgracia.

— *Quel dommage.*

— ¿Tiene alguna teoría, señor Polrot? ¿Sospechosos?

— Teorías... muchas. Y piezas que bailan y no terminan de encajar. También algo que se me escapa y no termino de ver dónde está. Sospechosos, algunos menos.

— ¿Un nombre en especial?

— Es pronto, Coronel. No quiero decir una palabra de más y que la ira le haga cometer un error.

— Yo nunca me dejaría llevar hasta el punto de atacar a un sospechoso.

— Pero... ¿y a alguien que creyese culpable de la muerte de su hija? Usted es humano, *monsieur* Weaver, y Claudia yace ahí afuera. Debe comprender que prefiera guardarme algunas de mis ideas.

— Tiene razón. Pero habrá algo que me pueda decir.

— Le puedo decir que fui al Registro General a buscar la partida de nacimiento de su hija.

— Ah...

La faz del Coronel se transformó. Bajó los ojos.

— Pero, claro, no me hizo falta ni pedir una copia. Supongo que me entiende.

— Le entiendo perfectamente.

— Y entonces pedí otra cosa en el Registro. O un par de cosas. En su momento lo que descubrí saldrá a la luz. No sé si nos llevará hacia la total resolución del caso. Pero creo que ayudará a que esas piezas que no me encajan terminen por estar en su sitio.

— ¿Cree que está cerca de encontrar a quien se llevó a Lily y a Claudia?

— ¿Cree que fueron la misma persona, *monsieur* Weaver?

— Usted mismo ha dicho que ambos casos están conectados.

Polrot se mordió el labio inferior.

— Conectados no significa que les haya pasado lo mismo a ambas. Ahora mismo, y tras leer el diario de Lily Rider, esa niña debería ser la principal sospechosa. Si en lugar de tener ocho años cuando desapareció hubiese tenido 15 le diría a Scotland Yard que la buscase en el bosque, o en los contornos, para detenerla.

— No entiendo por qué cree que la niña podría ser sospechosa. Era una niña rara pero...

— Sus escritos muestran una mente enferma, maligna, una niña que tortura animales y observa a sus vecinos, tomando notas para propiciar su destrucción.

Las palabras de Polrot estimularon los recuerdos de Nathaniel Weaver.

— Pompon y Whiskers —dijo—. Y el conejo de Marcia O'Connor.

— *Je ne comprend pas.*

— Hace dos años o tal vez un poco más —intervine entonces—, desaparecieron los dos gatos de Margaret y el Coronel: Pompon y Whiskers. Poco después también lo hizo el conejo de la pequeña Marcia. Ella lloró mucho y lo buscó durante semanas.

— ¿Y eso fue pocos meses antes de que Lily desapareciese?

— Unas pocas semanas.

— *Bon.* Todo cuadra.

— ¿Cree usted que Lily los secuestró y los torturó? —terció el Coronel—. ¿Y luego ella misma se escondió de todos nosotros? ¿En el bosque, sola, con ocho años? ¿Para qué? ¿Para hacer daño a sus padres? ¿A la gente de esta urbanización? Era demasiado pequeña para algo semejante. ¿Un cómplice? ¿Alguien que la ha tenido escondida todo este tiempo?

— No, no, no. Demasiado rebuscado, Coronel. Yo creo que todo debe ser más simple. Pero para hacerlo más simple las últimas piezas del rompecabezas deben encajar. Y aún no lo hacen. Para conseguirlo debo hacerles a ambos algunas preguntas adicionales. Si no es molestia.

— Pregunte lo que quiera —dijo el Coronel—. Mi hija ya no está. Llorándola no avanzamos nada en el camino de meter a su asesino entre rejas.

— Pregunte usted, claro —respondí, ante la mirada inquisitiva de Polrot.

— *Merci.* Punto uno: ¿sabe alguno de ustedes quién puede ser el hombre del sombrero? Lily hace referencia a él en sus escritos.

— No tengo ni idea —mentí.

— ¡Sí! Señora Darnes, ¿no lo recuerda? —dijo el Coronel, golpeándose la frente—. Ahora es invierno y va con la cabeza descubierta. Pero en verano, Raymond Knowles va siempre con un ridículo sombrero de paja mientras arregla una valla o lo que sea. Dice que le molesta el sol. Incluso creo que Lily le llamaba así: hombre o señor del sombrero. Le gustaba poner apodos.

Como la señora Mentirosa o el señor Carcelero, pensé, recordando la lectura del libro de Lily.

— Tiene usted razón, Coronel. No lo había pensado —dije.

— ¿Piensa que el vigilante tiene algo que ver? —preguntó Nathaniel a Polrot.

— Es una de las piezas que no me encajan. A veces, las piezas sueltas son la clave del misterio. Otras, sencillamente son piezas sueltas y nada más. Si me permite, tengo otra duda.

— Sí, cómo no. Prosiga.

— ¿Alguna vez han recibido visitas los O'Connor?

— Alguna vez, como todo el mundo —dijo el Coronel.

— No como todo el mundo, *monsieur* Weaver. Usted y su mujer no han recibido una visita de amigos ni de familiares en más de una década. ¿Me equivoco?

— No, no lo hemos hecho —carraspeó y cambió de tema—. Respecto a los O'Connor, he visto un par de veces llegar a desconocidos a su casa.

— Yo también los he visto —agregué, dándome cuenta de que Nathaniel se había quedado absorto.

— ¿Y siempre los vio llegar de noche o incluso de madrugada, *madame*? ¿A horas intempestivas?

— Ahora que lo dice, sí. Una vez mi bulldog se escapó y lo estuve buscando hasta las dos de la mañana. Era un perro de casa, no uno de esos que rondan por la calle. Fue entonces cuando vi a un hombre llegar a la casa de los O'Connor. Shaun no pareció muy contento de verme y entraron en casa a toda velocidad. La segunda vez fue más tarde aún, a eso de las 4 de la mañana. Theo no se encontraba bien y vine a ver al señor Weaver para pedirle algo que le calmara el dolor de barriga.

— Me acuerdo —dijo el Coronel—. Fue hace seis años al menos. Theo era muy pequeñito.

— Esa noche vi a otro hombre entrando en casa de los O'Connor —concluí mi explicación—. Por la parte de atrás, casi a hurtadillas. Shaun le estaba esperando con una linterna.

— *Très bien*. Ahora, escúcheme con atención, *madame* Darnes. Piense con cuidado. ¿Vio salir a esos hombres?

Aquella pregunta me dejó tan extrañada que no contesté, al menos de entrada.

— Bueno, salir no los vi...

— ¿Ha visto alguno de ustedes salir de casa de los O'Connor a alguno de sus amigos o supuestos familiares? Cuidado, no digo entrar... me refiero a salir por su propio pie.

Tanto el Coronel como yo negamos con la cabeza.

— Era lo que me suponía —dijo Polrot.

Estuvimos casi un minuto reflexionando sobre lo que acababa de decir el detective. El Coronel fue el primero en hablar:

— ¿Acaso está tratando de que creamos que los O'Connor secuestran a gente en su casa? ¿Que hicieron lo mismo con Lily y atacaron a mi hija por descubrirlo? ¡No, no es posible!

— Por favor, *mes amis.* Yo no he dicho nada de eso. Les ruego que sean pacientes y esperen a la resolución del caso. Esta es solo otra pieza que estoy tratando de que encaje. Por lo menos esta comienza a cobrar sentido. Cuando tenga una visión de conjunto del puzzle de Styles Mansions es cuando podré señalar al culpable. Nunca antes. ¿De acuerdo? *Merci.*

Antes de que pudiéramos responder alguien llamó a la puerta.

— Pase —ladró el Coronel.

Era el vigilante.

— La policía acaba de llegar —dijo Raymond.

— ¡Qué rápido! —me sorprendí.

— Supongo que ya se conocen el camino, por desgracia —opinó el Coronel.

Apenas unos segundos después nos hallábamos en la entrada de la casa rodeados de agentes. El inspector jefe McTavish era un tipo alto, desgarbado, con aspecto de hurón, que lucía un gran mostacho.

— Vamos a la parte de atrás —dijo Nathaniel—. Luego habrá tiempo para las presentaciones.

McTavish estuvo de acuerdo. Él y cuatro guardias uniformados penetraron en la vivienda. Yo comenzaba ya a caminar tras ellos cuando oí la voz de Polrot:

— Nosotros tenemos otra misión, *chère madame*.

Me volví.

— ¿No quiere ver el cadáver?

— No. Ya he visto demasiados.

— ¿De verdad?

— Sin duda. Me pregunto si el señor O'Connor podrá cuidar de sus hijos mientras hacemos un pequeño viaje.

— Ahora debe estar con Marcia en su casa. Podría llevarle a mis niños. Luego que él decida si los lleva al colegio o si, con todo lo que está pasando, es mejor que hoy falten a clase. Aunque igual están más seguros en el colegio que en Styles Mansions.

— *Certainement*.

Comenzamos a caminar hacia la casa de los O'Connor, que estaba a pocos metros.

— ¿Puedo preguntarle a dónde vamos, *monsieur* Polrot?

— A Bilton.

Di un respingo, casi trastabillo y caigo al suelo.

— ¿Bilton? ¿No es a dónde iba Claudia el día que desapareció?

— Sí, pero no vamos a Bilton por eso.

— ¿No?

— Vamos al Swan Hospital de Bilton, donde estuvo ingresado su esposo, Roger Darnes, antes de su supuesta muerte.

Me detuve en seco. Polrot sonreía de oreja a oreja.

— Vamos, *madame* Darnes. Es hora de que me cuente una pequeña parte de lo que esconde.

CAPÍTULO 18:

Bilton

— ¿No es curioso, *madame*, que cuando salió a colación el otro día la ciudad de Bilton no recordase que su esposo fue internado allí cuando enfermó?

Hacía más de seis meses que no arrancaba mi viejo Wolseley. El motor ronroneaba como un gato asustado mientras avanzábamos por las carreteras de montaña de Hill Moor. Recordé la visita al Registro General. Sin duda había visto el nombre de la ciudad en la partida de defunción de Roger.

— Se me olvidó.

— No la tenía por una persona olvidadiza.

— He procurado olvidar todo lo relacionado con los últimos días de mi esposo.

— *Ça se comprend dans ces circonstances.*

No entendí lo que había dicho pero el tono era manifiestamente irónico. Así que no pedí explicaciones.

De cualquier forma, nada más se dijo hasta llegar al Swan Hospital. Mi cabeza no dejaba de preguntarse cuántas de mis omisiones había descubierto ya Polrot. ¿Las sabría todas? ¿Sería capaz de detener al asesino antes de que matase de nuevo? ¿Tendría que hacerlo yo? ¿O se equivocaría de culpable? A veces mi mayor temor era que el detective errase, que tras su aspecto rebosante de seguridad en sí mismo se ocultase un alma mediocre que se dejase engañar. Yo necesitaba a Hércules Poirot y solo tenía a mi disposición a su trasunto. Ojalá fuese suficiente.

— Aquí es —anuncié al detective, que bajó del coche con ceremonia, atusándose el traje negro impecable que se había puesto mientras yo organizaba el traslado de los niños a casa de los O'Connor.

— *On y va.*

Le seguí mientras atravesaba un parterre de rosas y llamaba a la puerta del hospital, un edificio de aspecto victoriano con paredes de piedra blanca y tejados oscuros de pizarra.

— ¿Qué desea?

Nos abrió la puerta la administradora. La recordaba perfectamente. Una mujer anciana pero vivaz, de largos cabellos grises y mirada inquisitiva tras unas gafas doradas. ¿Mis Serway? Sí, así se llamaba.

— Me llamo Héracles Polrot y soy detective. Investigo un crimen, tal vez dos, que se han producido en los contornos. Me gustaría llevar este asunto con discreción. Sin involucrar a la policía. Por ello, si pudiera recibirme en un lugar privado...

Polrot dejó la frase en suspenso. Me alegré de que hubiese dejado de lado todo aquello del perfil bajo, de hacerse pasar por alguien de vacaciones y afirmar que solo era un gendarme belga retirado. Ahora reconocía sin rubor que era un detective investigando un caso. Aquello me gustó. Pero no sé si causó la misma impresión en Miss Serway, que le miró sin prisas, repasando su aspecto un tanto amanerado, extranjero, su vestimenta, su sombrero fedora y su bastón.

— Yo puedo responder cualquier duda que tenga sobre la estancia de mi marido en esta institución —intervine, antes de que la administradora se decidiese a responder.

— Pero resulta que en este asunto no confío en usted, *madame* Darnes —repuso Polrot—, por eso nos hemos desplazado hasta aquí.

Miss Serway me reconoció. Asintió e hizo un gesto con la mano, invitándonos a pasar. Nos condujo hasta su despacho privado. Lo habían pintado de blanco desde la última vez que estuve allí. Antes era marrón.

— Dígame, señor Polrot. Soy la señorita Frida Serway y dirijo el Swan Hospital.

— Gracias por recibirme, *mademoiselle*. En primer lugar, ¿me equivoco al pensar que esto no es un hospital sino un psiquiátrico?

— No se equivoca. Uno de los más antiguos y reputados de la región, si me permite decirlo. No somos grandes ni ostentosos como otros más conocidos. Aquí tratamos a pocos pacientes pero con profesionalidad y cuidados a medida.

— *J'en suis sûr*. ¿Puede hablarme de Roger Darnes? Sin entrar en muchos detalles. Solo para que me haga una idea de su enfermedad.

Miss Serway me lanzó una mirada. Yo asentí. Ella se ajustó sus gafas, abrió un largo archivador a su espalda y extrajo una carpeta. Solo la ojeó por encima antes de contestar:

— Roger Darnes ingresó en esta institución en diciembre de 1923. Cuadro de demencia y Alzheimer. Paciente extremadamente violento en ocasiones. Obsesionado con su mujer. Estaba convencido de que tenía relaciones sexuales con varios de sus vecinos. Incluso con vecinos que no existían y solo estaban en su cabeza. Fue empeorando rápidamente. Murió a finales de 1924.

— ¿Qué más puede decirme de su agresividad? ¿Piensa que podría haber sido capaz de matar?

— Un paciente con sus síntomas puede cometer un acto violento, sin duda. El señor Darnes vino a esta institución bastante más tarde de lo que hubiese sido razonable. Para entonces su estado era ya avanzado. Es sorprendente que su mujer aguantase tanto. Debió pasar un infierno atendiéndolo sola en casa.

— El cuidador de alguien en el estado del señor Darnes, ¿puede sufrir secuelas psicológicas tras el internamiento del enfermo?

— Por supuesto. Depresión, angustia, pérdida de peso... e incluso cuadros clínicos más serios. Cuando uno está centrado en cuidar a alguien se descuida a sí mismo. Es difícil volver a una vida normal, a vivir buscando la propia felicidad.

— ¿Vio signos de depresión o problemas de algún tipo en *madame* Darnes, aquí presente?

— No. Tampoco en las visitas que realizó a su esposo en el último estadio de la enfermedad. Siempre me pareció una mujer singular, muy fuerte. Y no lo digo porque ella esté ahora delante de mí.

Sonreí a Frida. Siempre nos habíamos llevado bien.

—¿Me permite hacer un experimento, *mademoiselle* Serway?

— Si va a serle útil en su investigación...

— Estoy convencido de ello.

Polrot se incorporó, inspiró profundamente, carraspeó.

— Perdone, *mademoiselle,* he estado ensayando. No es fácil.

Miss Serway le contemplaba con el mismo gesto profesional, distante, con el que contemplaría a uno de sus internos. Polrot se encorvó como una gallina, respiró hondo y luego se incorporó gritando:

— Y ahora, maldita idiota, ¿qué vas a hacer?

Una voz que no parecía humana. Ni de hombre ni de mujer. Ni de niño ni de adulto ni de anciano. Sin edad, sin memoria, solo maldad pura.

— Dime, ¿qué vas a hacer? —añadió.

Una voz llena de odio, de locura, dominada por una inmensa perversidad. Era una imitación tan perfecta que me dio escalofríos.

— Ah, sabe eso —dijo Miss Serway, sin mutar su gesto indiferente—. Era la frase preferida de Roger Darnes. Incluso cuando había olvidado casi todas las palabras del inglés, en la época que estaba contenido, atado casi todo el día. Se cagaba encima, liberaba una mano para tirarte sus heces y gritaba: "Maldita idiota, ¿qué vas a hacer?". Creemos que llegó a perder todo contacto con la realidad y creía que estaba aún viviendo con su esposa y que todas las enfermeras o yo misma éramos ella. A veces nos llamaba

Miranda. Al poco tiempo dejó de emitir sonidos inteligibles y, como le he dicho, ese mismo año, a finales, falleció. Infarto. Una rabia inmensa le corroía. Una cólera desmesurada. Si quiere mi opinión, era un hombre malvado antes incluso de estar enfermo. La señora Darnes y yo hablamos de ello en su día.

Polrot no se volvió para mirarme.

— Otra pregunta, si es tan amable, *mademoiselle*. ¿Existe la posibilidad de que en noviembre de 1924 el señor Darnes saliera del Swan Hospital?

Miss Serway no necesitó consultar su carpeta.

— No. En esa época pasaba el día entero atado a su cama. Aullaba como un animal día y noche. A menudo no funcionaban las drogas porque su ira era desmedida. No habría podido caminar por la calle ni vestirse siquiera. Además, murió el...

— El 1 de diciembre. He visto la partida de defunción. Falleció solo 10 días después de que desapareciera Lily Rider.

— ¿Lily Rider?

— La niña cuya desaparición investigo. Vecina de los Darnes.

— Puedo decirle con seguridad que el señor Darnes no tuvo nada que ver. En esa fecha ya no era propiamente una persona como usted y como yo. Su enfermedad lo había devorado.

Polrot se mordió de nuevo los labios. Una de aquellas piezas de su puzzle imaginario, esas de las que siempre hablaba, no encajaban como pretendía. Y eso le exasperaba.

— Voy a hablarle ahora de una niña, mademoiselle. ***Una niña de ocho años cuya madre abusa de ella, la golpea con saña. Su padre siempre está ausente. La niña se siente sola, desamparada. Tiene problemas para hacer amigos con los otros niños de su entorno. Entonces comienza a llevar un diario. En él escribe sobre sus vecinos, secretos, cosas que puedan perjudicarles. Solo habla en su diario de los adultos, a los que trata de hacer daño exagerando las rencillas entre ellos. Sin embargo, cada pocas páginas, explica con cierto grado de detalle las torturas que realiza sobre animales, mascotas de sus vecinos que ha secuestrado y dado muerte. ¿Qué puede decirme de esa niña?

— Le diría que sus padres, o un tutor, o quien fuese, debería llevarla cuanto antes a un especialista a menos que quiera que la niña acabe en un hospital como este.

— *Oui. C'est ça.* Eso es lo que pienso yo. Y lo que no comprendo es por qué la víctima me parece más coherente como asesina. Aunque siempre cabe la posibilidad de que Lily no fuera ninguna víctima, que siga viva y Claudia descubriese su paradero. Por eso la mataron. *Oh, mon Dieu, Polrot, tu ne dis que des bêtises.* Una niña que ahora tendría 10 años debe tener un adulto que la guíe, que la cuide, que la esconda. Eso, si está viva... Oh, no, no está viva. Y si siempre ha estado muerta... entonces... entonces... *Sacré. Sacré.*

Miss Serway observaba a Polrot con gesto serio, profesional, como preguntándose si tendrían alguna cama libre para el detective. Pero no dijo nada. Se limitó a guardar la carpeta de Roger Darnes en su archivador.

— Es un caso complicado, Frida —le dije a la administradora mientras Polrot todavía mascullaba frases sueltas en voz baja.

— Ya lo veo. Una niña desaparecida es siempre algo terrible. Entiendo que el señor Polrot quiera resolver el caso y que le obsesione.

— Hoy ha sido hallada muerta la hija de mis vecinos. De otros vecinos, los Weaver. Una chica mayor que Lily, de 19 años. El señor Polrot está afectado por todo ello.

Frida contuvo la respiración, sorprendida.

— Pobrecillas. Espero que se resuelva todo pronto.

— No se va a resolver pronto a menos que las piezas encajen —dijo Polrot, despertando de su letanía—. Y no encajan.

— ¿Qué es lo que no encaja? —le pregunté.

Polrot no me contestó inmediatamente. Se levantó y dio la mano a Miss Serway.

— Muchas gracias por todo.

Una vez en la calle, el detective me respondió.

— No encajan porque algunas piezas las he puesto donde no debían. Y claro, las siguientes no pueden encajar en mi puzzle imaginario. Tengo que descomponer el puzzle, volver al inicio. Y para hacerlo me vendría bien que me dijese quién cree que es el asesino.

— No puedo hacerlo. Ya se lo dije.

— *Au diable.*

— No se enfade, Héracles.

— ¿Que no me enfade? Usted podría acabar con todo esto y sin embargo se calla. ¿Cómo no voy a enfadarme?

— Si yo le dijese el nombre del asesino no se haría justicia. Debe hacerlo usted y demostrar sin lugar a duda su culpabilidad. Le dije desde el principio que hay ciertas cosas sobre las que no estoy segura. Solo usted puede desvelar al verdadero responsable de todo cuanto está pasando en Styles Mansions.

— ¿Por qué? ¿Qué diferencia hay entre que usted me lo revele y que yo lo descubra?

— Podrían verse involucrados inocentes. Podrían pagar por los crímenes del asesino tal vez otros, gente que no lo merece.

— ¿Qué quiere decir con que otros pagarían? ¿Ante la justicia? ¿Cómo cómplices, quiere decir? No comprendo de lo que está hablando.

— Cuando todo haya terminado lo comprenderá.

Polrot levantó sus brazos al cielo.

— *Oh, magnifique.* Otra pieza. Otra pieza del puzzle que no tiene sentido. Muchas gracias, *madame* Darnes. Lo que más necesitaba ahora mismo era otra pieza que no encajase.

Y se alejó hacia mi automóvil, gimiendo y farfullando:

— Un millón de gracias, *madame*. ¿Qué digo un millón? ¡Mil millones de gracias! ¡Dos mil millones de gracias!

CAPÍTULO 19:

Una conversación con Polrot

Justo delante del lago tuvimos una pequeña avería. El coche parecía tener un ataque de tos, bramaba y se recalentaba. Tuve que detener el vehículo.

— En unos minutos podremos seguir. Estos coches viejos, ya se sabe —dije.

Polrot se apeó de mi viejo Wolseley, bueno, para ser exactos... del Wolseley de Roger. Yo solo lo había heredado. La puerta del conductor se bloqueaba y tuve que levantarla para que el cerrojo funcionase. Tiré varias veces de ella y al final conseguí abrirla.

— ¿Por qué quería ir Claudia a Bilton? —me preguntó Polrot sin darme tiempo a apearme del vehículo.

Yo no lo sabía en aquel momento, pero Héracles estaba a punto de someterme al más duro de los interrogatorios.

— No lo sé. Tal vez no tenga nada que ver con mi esposo.

— ¿De verdad lo cree? Yo, por el contrario, estoy convencido que a un pueblo de apenas mil habitantes es difícil que fuera a nada más que a preguntar por su esposo. ¿Y qué quería saber? ¿Cuál era la duda que quería exponer ante la gente del Swan Hospital? ¿El qué? Sin duda algo que nosotros no hemos preguntado. Porque entonces todo estaría más claro. Yo he hecho una pregunta obvia. ¿Estaba Roger Darnes en condiciones de acudir a la urbanización en la época que desapareció Lily? No, me han respondido. Entonces, ¿cuál era la pregunta que quería hacer *mademoiselle* Weaver?

— Tal vez la pregunta de Claudia habría sido la misma, *monsieur* Polrot. Tal vez se habría encontrado por tanto con la misma respuesta y habría descubierto que no había nada interesante en el hospital. Eso, suponiendo que realmente fuese allí. Yo no lo tengo tan claro como usted.

— ¿Entonces cree que el asesino la acalló cuando iba a Bilton cuando en Bilton no había nada que lo comprometiese? No me parece muy lógico, *madame*.

— Tal vez la acalló camino de Bilton, no por ir a Bilton.

— *C'est possible*. Ah, las piezas van y vienen, pero no toman ninguna forma. El puzzle es demasiado vasto, demasiado...

Polrot parecía más desanimado que nunca.

— Veamos el tema de esa voz que yo definí en su momento como *terrifiante*. Yo oí esa voz estando junto a su casa. Su marido lleva exactamente dos años muerto, ¿quién la está reproduciendo?

— No lo sé.

— ¿No lo sabe? ¿Ahora aparte de omitirme cosas, también me miente? Recuerde que prometió que no me mentiría, que había cosas que no podía decirme pero que nunca me engañaría.

Permanecí en silencio.

— Veamos posibilidades —dijo Poirot alzando un dedo—. Uno: sus hijos, embarcados en un juego estúpido. Recordarle a su marido, divertirse a su costa, hacer una broma...

— Ridículo.

— Dos: su amante. He visto cómo mira a Raymond Knowles y he oído parte de su conversación de esta mañana. Cuando até cabos me fue más fácil entender por qué desprecia tanto a su prometida, a *mademoiselle* Hopper. ¿Es él quien imita a su marido? ¿Para qué? ¿Para burlarse del marido ausente? Tal vez su esposo no estaba tan mal de la cabeza cuando decía que usted tenía amantes. ¿Fueron más de uno? ¿Cuál fue su verdadera relación con John Rider?

— Sus teorías actuales son aún más ridículas que las primeras. Y me ha hecho tantas preguntas que no voy a responder a ninguna.

Polrot soltó una carcajada.

— Tres: usted misma. Yo oí aquella voz en la oscuridad y pensé que venía del otro lado del muro. Pero podía provenir de su jardín delantero, de la finca de los O'Connor, incluso de la de los Weaver. ¿Cómo dicen ustedes? Ah, sí, de noche todos los gatos son pardos. Pero me pregunto, ¿y si la voz la hizo usted misma? ¿Y si todo es un engaño?

— ¿Piensa que yo soy la asesina?

— Siempre he pensado que no, que realmente quiere atrapar al culpable. Pero a estas alturas no sé qué pensar. Hasta ahora la creía inocente, pero como he dicho hace un rato, voy a deshacer el puzzle y comenzar de cero. Y precisamente usted comenzó esta investigación diciéndome que era mi Hastings, mi ayudante, mi amiga, pero hasta ahora ha sido un estorbo, alguien que me ayuda a perderme y a no encontrar el camino.

— Lamento que diga eso. Yo pretendía que usted hallase la verdad.

— No lo tengo tan claro, ni siquiera sé qué pretende en realidad. ¿Qué verdad es esa que solo puedo hallarla por mí mismo y no tiene valor si me ayuda? ¿Qué inocentes serían castigados sin razón si revela lo que sabe? ¿Y por qué?

— Ya sabe que a eso no le voy a responder.

— Ni a eso ni a nada, *madame*. A ver si puede responderme una sola pregunta. ¿Probamos?

— De acuerdo.

— ¿Qué hay en el sótano? ¿O qué hubo? ¿Por qué insiste tanto en alejar a sus hijos de su sótano?

— No sé de qué me habla.

— Ah, Polrot es observador y ha sido testigo de que siempre, indefectiblemente, cuando ve a sus hijos, lo primero que les pregunta es si han jugado lejos del sótano. Y trata de que no jueguen allí. ¿Por qué? ¿Estuvo escondido allí su esposo, Roger, cuando escapó del hospital? ¿Usted y la administradora están tapando un *affaire* que las pondría a ambas en mal lugar? ¿O fue

Lily la que estuvo allí retenida? ¿O tal vez ambos? ¿Fue su marido el que la secuestró y se la llevó al sótano?

— Otra vez una de sus teorías ridículas.

— Ah, ya veo. No responde nada y tilda mis reflexiones de ridículas. Probemos con otra pregunta. ¿Por qué muestra tanto afecto por su hijo menor, Theo, y apenas ninguno por el mayor?

— Quiero a ambos por igual.

— ¡Mentira! ¡Todo es mentira! A Jacob le habla con frases breves, cortantes. A Theo le halaga, baja la voz y le dice que tiene que ser fuerte si a usted le pasa algo.

— Es más pequeño y necesita amor. Jacob tiene ya trece años y es casi un adulto, por lo que...

— ¿No va a cansarse de mentirme?

Polrot me dio la espalda. El Wolseley había descansado lo suficiente tras aquellos minutos de interrogatorio agotador. Me senté tras el volante y encendí el motor. El detective levantó el asiento delantero y se colocó en la parte de atrás del vehículo.

— Se equivoca al desconfiar de mí, *monsieur* Polrot. Le voy a contar algo que hasta ahora había callado.

Héracles me miró a través del espejo retrovisor:

— La escucho.

— Claudia discutió con Shaun O'Connor y su mujer el día antes de que desapareciese. Yo creo que la muchacha descubrió algo que...

— ¿De qué discutieron?

— No lo oí claramente. De algo que escondían, de un secreto o algo así.

— No lo sabe, ¿verdad?

— Exactamente, no. Solo oí que discutían Claudia y el vicario. Claudia aseguraba que los O'Connor habían mentido a la policía y que estaban en la urbanización cuando Lily desapareció, que ella sabía lo que ocultaban. Luego Effie defendió a su esposo y le gritó algo a Claudia, que era una entrometida o algo similar. Poco más.

— ¿Y por qué me cuenta eso ahora?

— Porque quería que lo supiese.

— O porque quería desviarme del buen camino, como hace siempre. Pero no le servirá. Hoy mismo pediré al inspector jefe McTavish que inspeccione su sótano.

Respiré profundamente. El lago era muy hermoso. No me había fijado nunca en la intensidad de los azules o en los patos silvestres que alzaban el vuelo. Eran sublimes, gráciles, casi perfectos.

— Haga lo que quiera, *monsieur* Polrot.

CAPÍTULO 20:

Comprendiendo Styles Mansions

Caía la tarde. Hacía dos horas que se habían llevado el cadáver de Claudia. Todos estábamos con el corazón encogido, expectantes ante la evolución de los acontecimientos.

— Reconstruir el puzzle —dijo McTavish, poniendo la misma cara que pondría alguien al que le hablasen en chino.

— *Oui, monsieur l'inspecteur.* Necesito tener una visión de conjunto de esta urbanización y me preguntaba si usted podría ayudarme. Porque desde el principio he estado equivocado, he sido engañado y me he dejado engañar. Tengo que reconstruir el puzzle de lo que es este lugar para entender la complejidad misma del caso.

El inspector jefe se retorció el mostacho y puso de nuevo la misma cara de no entender nada.

— No termino de comprender lo que pretende y...

— Le pido que satisfaga este pequeño deseo de nuestro visitante —terció el Coronel Weaver—. Al fin y al cabo la fallecida es mi querida niña, mi Claudia, y confío plenamente en las aptitudes del señor Polrot. Usted y yo, inspector jefe, trabajamos juntos, codo con codo, cuando desapareció Lily Rider. Sabe que no se lo pediría si no fuese importante.

Lo que no podía decir en voz alta Nathaniel Weaver, por supuesto, era que sabía que McTavish no era un hombre con demasiadas luces. Trabajador, metódico, eso sí. Pero no alguien lo bastante brillante como para resolver un caso como aquel. Me dio la impresión de que el Coronel había seguido pidiendo referencias de Héracles y que había recibido noticia de que se trataba de un hombre realmente brillante. Ahora tendría que demostrarlo.

— Bien —dijo finalmente el inspector jefe—. ¿Qué hay que hacer para reconstruir ese puzzle?

— Lo primero —explicó Polrot— es llamar a todos los vecinos de Styles Mansions y convocarlos a la puerta de sus casas. Delante de ellas. Como en una foto de familia.

Así se hizo. Polrot se quedó en el centro de la calle principal, en medio de la carretera. Y todos los supervivientes de la urbanización en la puerta de los jardines delanteros, mirándole. Solo faltaba Margaret Weaver, que estaba sedada, postrada en cama, en su habitación.

Por un momento me pregunté si nos hallábamos en plena resolución del caso, en esa escena que en las novelas de Agatha tiene lugar cuando Hércules Poirot reúne a todos los sospechosos y les cuenta la verdad, esa verdad incontestable que ha alcanzado gracias al uso de sus células grises. Pero no. Polrot estaba intentando asir esas piezas del puzzle que se resistían a encajar. Y para hacerlo quería tener todas las piezas juntas, ante sus ojos.

— *D'abord,* la primera cosa que debo explicarles es algo que tardé demasiado en entender —dijo Polrot alzando la voz para que todos le oyéramos—. Styles Mansions no es un lugar donde vivir, es un lugar donde esconderse. ¿Por qué digo esto? Muy sencillo. Todos ustedes, todos, incluso los Rider, vinieron aquí para no ser vistos, para huir de los comentarios o de la influencia de amigos, familiares o conocidos. En una palabra, para estar ocultos. Ah, ya lo he dicho. Y lo repito. Vinieron para esconderse.

Polrot se giró para señalar en la lejanía, a su izquierda.

— Observemos en primer lugar el lago, un lugar hermoso, idílico, al pie de la hermosa montaña donde viven ustedes. Una especie de entrada a su mundo de mentiras y de fantasía. ¿Y qué encontramos al traspasar el lago? La avenida principal, donde yo me encuentro, y la primera casa, la de los Rider.

Tres policías uniformados se colocaron delante de la entrada del jardín, tomando el lugar de John, Fiona y Lily Rider.

— Ahí tenemos a los Rider, *mes amis*. ¿Por qué vinieron aquí? Cuando llegaron ya era notorio y público que el constructor había quebrado, que no habría más casas, ni tiendas, ni nuevos miembros de este singular vecindario. Styles Mansions queda apartada de otros núcleos de población y tanto del tren como del autobús. Además, las viviendas no son baratas sino, y me he informado de ello, bastante más caras que la media.

«Pero sucedió que John Rider quería esconder a su familia. Tenía una amante en Leeds y pasaba con ella casi todo el tiempo. Mientras, su esposa y su hija estaban lejos de los rumores de la gran ciudad, escondidas en un vertedero de mentiras y de podredumbre. Creo que por eso John se muere en la actualidad. No solo por la pérdida de su hija, por no saber qué le ha pasado. El cáncer le devora porque la culpa le devora. Dejó a quien debía proteger en manos de la soledad y de extraños, de ladrones, estafadores y psicópatas.

— ¿A quién llama usted ladrón...? —se quejó Shaun O'Connor, que no parecía muy contento de que le hubieran sacado de su universo de libros.

— ¡Cállese, *monsieur* O'Connor! ¡No ponga a prueba mi paciencia o comenzaré a hablar de lo que oculta en su precioso estudio de trabajo!

El antiguo vicario dio un paso atrás, como si se hubiese dado cuenta de pronto que el pavimento estaba en llamas. No dijo nada más y bajó la cabeza.

— Examinemos ahora la siguiente vivienda, la de la familia Darnes —prosiguió Polrot—. En primer lugar, Roger Darnes...

Un policía uniformado tomó el lugar de mi esposo. Theo y Jacob lo miraron un breve instante, desafiantes, preguntándose cómo se atrevía a suplantarlo.

— Eh, bien, el señor Darnes y su familia también huían. Él padecía un raro caso de demencia. En Londres, en un parque, se presentó un día con un cuchillo y estuvo gritando, amenazando a los transeúntes, hasta que la policía lo detuvo. La señora Darnes, autoproclamada ayudante de esta investigación, obvió esta historia cuando me habló de su familia. También obvió decirme que esa fue la razón por la que abandonaron la capital, para irse al norte, lejos de cuantos los conocían. Sabían que Roger no haría sino empeorar y pretendían que el padre fuese languideciendo en el campo antes del momento inevitable, el de llevarlo a una institución mental.

Polrot hizo una señal con la mano: McTavish y varios de sus hombres penetraron en mi vivienda y bajaron al sótano. Oímos ruidos de cajas que se mueven y la voz ruda del inspector jefe dando órdenes. Un instante después regresaron.

— Nada —dijo McTavish—. Todo limpio. Muy limpio. Alguien ha fregado de rodillas todo el lugar hasta dejarlo inmaculado.

— ¿Es un crimen adecentar mi casa? —pregunté.

— No, *madame*. Pero resulta sospechoso hacerlo cuando le dije esta mañana que pediría que registrasen su sótano. Sin embargo, ambos sabemos que no había nada, ¿verdad? Ya no.

Polrot me guiñó un ojo.

— Ahora les toca a los siguientes, la familia O'Connor. Hablamos de un antiguo vicario y su familia, gente de bien, al menos en apariencia. Ellos, como los otros, pagaron por una casa aislada un precio algo superior al del mercado. ¿Por qué? Porque este era un sitio ideal, apartado y poco concurrido; habitado además por unos vecinos que no se metían en los asuntos privados de los demás. Una frase repetida en esta urbanización: nosotros no nos metemos en los asuntos de los otros vecinos. O algo por el estilo. Una forma artificiosa de decir: yo tengo mis propios y oscuros manejos, si tú no te metes en mis cosas... yo no lo haré en las tuyas.

Esta vez no hizo falta ni siquiera un gesto del detective. Ya debía estar hablado. McTavish penetró a la carrera en el estudio de Shaun O'Connor. Salió en menos de un minuto.

— Hay un zulo detrás de las estanterías —anunció—. Se trata de algo muy pequeño, con espacio para una cama y poco más.

Aquello hizo reaccionar al Coronel Weaver, que abandonó su sitio delante de su vivienda y trató de atacar a Shaun O'Connor.

— ¡Tú secuestraste a Lily! Mi hija lo descubrió y por eso la mataste. ¡Eres un canalla!

McTavish en persona se interpuso en el camino del Coronel, pero su determinación y su fuerza eran tan grandes que tuvieron que ayudarle dos policías y el propio Polrot.

— No debe dar nada por sentado, *monsieur* —le susurró a Nathaniel, todavía sujetado por los policías—. Paciencia. Todo será revelado en su momento. Déjeme proseguir. *Je vous en prie.*

Nathaniel se serenó y regreso a su lugar, renegando.

— Yo no he secuestrado a nadie —dijo entonces el señor O'Connor—. Y nunca le habría hecho daño a Lily, todavía menos a Claudia. Era una buena chica.

— ¡Mi padre no ha hecho nada! —chilló Marcia—. Déjenlo en paz.

Polrot miró a Marcia a los ojos. Un largo rato. Tanto que la niña apartó la mirada.

— *On verra.* Veremos —dijo finalmente el detective—. Veremos qué ha hecho y qué no *monsieur* O'Connor. Todo a su tiempo.

Caminando en dirección a la siguiente casa, Héracles inclinó la cabeza en dirección al Coronel. Este suspiró. Sabía que había llegado el turno de su familia.

— Los Weaver, por supuesto, también se escondían —declaró Polrot—. Fueron los primeros en llegar. Un familiar suyo conocía al constructor en persona y sabían antes que nadie que este lugar estaba condenado al olvido, al ostracismo, a perderse en la bruma. Por eso vinieron. Su hija, proclamaban, estaba enferma. Por eso, aseguraban, se habían marchado de Bristol a la otra punta del país. Y hasta la luna se habrían marchado si hubieran podido. Los señores Vergüenza, los llamaba Lily en su diario. Oh, qué niña más extraordinaria debió ser Lily Rider. Ojalá la hubiera conocido.

Cuando hubiese superado el dolor por los maltratos de su madre y por la ausencia del padre, se habría convertido en una joven magnífica. Cuánto me he equivocado al pensar que era una mente perturbada. Y, sin embargo...

Polrot extrajo el diario de la niña de un bolsillo de su chaqueta. Lo levantó para que todos lo viéramos.

— Aquí está el diario de Lily Rider. La pieza principal de este puzzle. Contiene algo decisivo, la prueba que puede condenar al asesino. Cuando lo leí por primera vez una duda asaltó mi mente. Un fugaz instante. Luego lo olvidé. Lo pasé por alto. He leído y releído el diario cien veces tratando de recordar esa idea, duda, imagen, lo que fuera, que pasó rauda por mi mente mientras leía. Pero no soy capaz de recordar. Y estoy convencido que es la clave del caso.

— No es un diario, es un libro de poemas —dijo Marcia O'Connor, que parecía enfadada con el detective por acusar a su padre—. Lily lo llamaba así, "mi libro de poemas". Por eso tiene forma de corazón, porque es para escribir poemas, cosas profundas. Ella me dijo que el libro era para recordar todas las cosas malas que, según ella, pasaban en este lugar. Los diarios son libros más grandes y con muchas más páginas.

Hablaba con superioridad, tratando de demostrarnos que Polrot era un imbécil. Alguien que no sabía diferenciar un diario de un libro de poemas por fuerza podía equivocarse en las acusaciones contra su padre.

— Bien. *D'accord*. Libro de poemas. Acepto mi error —concedió el detective.

Al acercarse de nuevo a la casa de los O'Connor, Polrot miró a Bedelia, que se hallaba precisamente al lado de Marcia.

— Usted, señora Knowles, debería acudir a la última casa, la del vigilante. Aquel es su verdadero sitio.

— ¿Señora Knowles? —inquirí, casi en un grito.

— *Oh, oui, chère madame. Mademoiselle* Bedelia Hopper pasó a ser *madame* Bedelia Knowles hace ya 6 años, mucho antes de venir a vivir a esta urbanización. La visita que hice al Registro General fue muy instructiva. Descubrí mucho más de lo que esperaba.

Bedelia echó a caminar hacia la vivienda de su esposo. Cuando llegó, le cogió de la mano.

— He aquí la última familia de Styles Mansions —dijo Polrot—. Ellos también huían, al menos de inicio, pero una vez aquí mudaron su rol. Ahora persiguen, acechan, engañan... Su función es otra. Pero si me lo permiten, hablaremos de ellos más tarde.

Polrot respiró hondo. Miró hacia las cuatro casas y, más allá, hacia el lago y el solar vacío donde debería haberse construido el resto de la urbanización. Luego fijó su vista en el camino que se bifurcaba hacia los pueblos en la lejanía y la parada de autobús. Por último volvió la cabeza en dirección contraria, hacia la montaña de Hill Moor, frondosa, insondable.

— ¿Le ha servido de algo esta reconstrucción de su puzzle o lo que fuera? —preguntó McTavish.

Polrot asintió.

— Sí, de mucho. He avanzado de forma decisiva en la resolución de este caso. ¿Podría hacerme un último favor, inspector jefe?

McTavish tenía más cara de hurón que nunca cuando resopló y dijo:

— Dígame.

— Me gustaría que se reuniesen todos los vecinos en una hora en casa de los Rider. Ahora debo pensar. Hay algo que todavía no tengo claro. He conseguido juntar casi todas las piezas, pero me falta la más importante, la del diario de Lily. Ahora solo me falta recordar lo que me pasó por la cabeza la primera vez que lo leí, cuando descubrí el asunto de los animales y me quedé boquiabierto, *stupéfait*. Si consigo rememorar ese momento con precisión... lo habré comprendido todo.

McTavish se encogió de hombros y alzó la voz:

— ¡Todo el mundo en una hora en Rider House! ¿Me oyen?

— También su esposa, *monsieur* Weaver. *Je vous en prie* —dijo Polrot, volviéndose hacia el Coronel.

— Pero ella...

— Por eso he dicho en una hora. Tiempo de sobra para que la despierten, la aseen, una baño... En fin, lo necesario para que acuda a la reunión. La necesito a ella también. Todos tenemos que aportar nuestro granito de arena a la resolución de este misterio.

Cuando vi que Polrot se alejaba hablando con McTavish me sentí excluida. Había perdido de forma definitiva mi posición de ayudante, de Hastings (si es que alguna vez lo fui). Ya me daba igual. O casi me daba igual.

Entonces me di cuenta de que el detective estaba mirando a Jacob, fijamente. Era la viva imagen de mi esposo, de Roger Darnes. Polrot negó con la cabeza, se mordió el labio, un gesto que yo había percibido otras veces y que surgía siempre que algo le desorientaba.

— Vamos, Theo. A casa —exhorté a mi hijo pequeño.

Ya estaba dentro de mi propiedad cuando escuché a Polrot. Había hablado de nuevo en voz alta. Quería que todos le oyéramos.

— Aposte a sus hombres en la salida de la urbanización, inspector jefe. Es solo un consejo. Así evitaremos que nadie intente escapar.

CAPÍTULO 21:

El lago

— Sube al coche, Jacob. Voy a enseñarte a conducir.

Los ojos del niño se abrieron como platos.

— ¿De verdad, mamá?

— Claro.

— ¿Y Theo?

— Aún es pequeño. Se va a quedar en casa jugando. Le he puesto su programa de radio preferido y he abierto sus libros de cuentos en el salón. No nos molestará en un rato.

Jacob estaba tan emocionado ante la posibilidad de conducir por fin el coche que pasó por alto que yo dejase a su hermano solo en casa. Nunca lo había hecho. Pero supongo que alguna vez tenía que ser la primera, debió pensar. Lleno de emoción, atravesó el jardín hasta el lugar donde aparcábamos el coche y se subió al asiento del acompañante del Wolseley de un salto.

— Cuidado. Es un coche muy viejo —dije, mientras llevaba una pala junto a la tumba de nuestro pequeño bulldog.

Hinqué la pala en el suelo y arranqué las begonias que acababa de plantar delante de la lápida. Miré de nuevo la leyenda inscrita en piedra: "Aquí yace un ángel". Saqué tres o cuatro paletadas de tierra, dejando un agujero lo bastante grande como para llamar la atención de cualquiera. Tampoco este gesto le preocupó a Jacob. Solo dijo:

— Perdón, mamá. Subiré con cuidado la próxima vez.

Conduje lentamente. Salí de mi casa, torcí a la derecha por la avenida principal, pasé la casa de los Rider, el solar vacío y llegué al camino. Me detuve delante del lago. Una bandada de patos alzaba el vuelo.

— ¡Señora Darnes!

Tres policías salieron a mi encuentro. Se hallaban apostados al final del lago, en el punto que el camino bajaba hacia la lejana parada de autobús. Uno de ellos se acercó hasta nosotros:

— Dígame, agente.

— Sargento Davis, señora. Lamento comunicarle que no puede salir de la urbanización.

— No voy a salir, sargento. Durante esta hora, antes de la reunión, pretendo dar a mi hijo unas clases de conducción.

— Le pido que vuelva a casa y...

— He oído al inspector jefe ordenarles impedir que nadie saliese de Styles Mansions. El lago forma parte de la urbanización. Por tanto, sigo dentro de Styles Mansions. ¿Su jefe le ha dado órdenes contrarias a las clases de conducción?

El hombre torció el labio superior.

— Foster, ve a hablar con el inspector jefe. Coméntale lo que está pasando.

Los otros dos policías regresaron a su puesto. No nos quitaban ojo.

— ¿Quieres venir aquí, al asiento del conductor, Jacob?

— ¡Sí!

Intercambiamos posiciones en el vehículo. La puerta del conductor iba cada vez peor. Había que levantarla casi un palmo y luego poner toda la fuerza y el empeño para que se abriese.

— Enciendes el motor y luego el pie en el embrague. Ahora pones la marcha y...

— Sé hacerlo, mamá.

— Claro que sabes. En teoría, pero en la práctica es más difícil.

Jacob puso los cinco sentidos. Consiguió poner la primera y el coche echó a andar, encabritándose como un caballo que necesitase ser domado.

— Deja el embrague. El pie en el acelerador. Pisa fuerte. No tengas miedo.

Jacob obedeció. Cuando vio que íbamos de frente hacia al lago se puso nervioso y pateó buscando el freno. Puse una mano en su hombro:

— Tranquilo, no pasa nada, hijo.

Mis palabras le hicieron dudar y ese instante de duda le impidió frenar a tiempo. Saltamos por el aire, atravesando una barandilla de madera. El coche se llenó de agua inmediatamente. Nos hundimos.

— Mamá, mamá. ¡La puerta no se abre!

El agua nos llegaba ya a las rodillas.

— No pasa nada. Ya te lo he dicho. Hablé con el señor O'Connor. Él fue vicario y sabe de estas cosas. Tú eres un niño y tus crímenes serán perdonados, eso no necesitaba preguntarlo. Respecto a mí, esto ha sido un accidente. Lo he provocado yo, he sido negligente. Pero es un accidente. Iré al purgatorio por mi crimen. Tal vez ambos vayamos al Purgatorio pero al final acabaremos en el Cielo.

— Mamá, mamá. ¡Quiero salir!

Jacob manoteaba con la puerta. No sabía el truco de levantarla antes de tirar. No se daría cuenta a tiempo y aunque lo hiciese, no tenía claro si tendría la fuerza suficiente. Al final no consiguió abrirla, tal y como yo había planeado. Comenzó a golpear el cristal. El agua nos llegaba ya a la altura del pecho.

— Abre tu puerta, mamá. Saldremos por ahí.

— No. Tienes que pagar por lo que has hecho. Es necesario, hijo mío.

Entonces el rostro de Jacob se transfiguró y apareció el monstruo. Como siempre que estaba estresado, enfadado o cuando tenía una crisis. Igual que le había pasado a su padre.

— Maldita idiota, ¿qué estás haciendo? —dijo, con su voz de demonio, esa que Polrot describió como *terrifiante*... aterradora.

— Hago justicia, hijo.

— Tú no eres mi madre. Eres una impostora. Me odias desde siempre. ¿Justicia? No me hagas reír, perra.

Me empujó, tratando de llegar a la puerta. El agua nos llegaba a la barbilla. Me dio un puñetazo en la oreja, otro en la nariz. Me arañó. El agua frenaba sus golpes. Trató de estrangularme bajo el agua. Le di un manotazo.

— Que las oraciones de Nuestra Señora de Walsingham traigan a Jesús al mundo —dije, rezando en voz alta hasta que al agua superó mi boca y hube de hacerlo en silencio.

No cerré los ojos para que, en el Purgatorio, me obligasen los ángeles a revivir mi crimen. Yo había sido muy buena nadadora de niña. Podía aguantar casi tres minutos bajo el agua. Jacob era, como su padre, alguien terrestre, incluso tenía un poco de hidrofobia. No tardó en desmayarse. Cayó sobre el tablero de mandos con los brazos extendidos, como si estuviese listo para alzarse hacia las alturas.

Fue entonces cuando vi al sargento golpeando con sus manos la luna delantera del Wolseley. El otro policía estiraba de la puerta del conductor. Por supuesto, no podía abrirla. Era curioso, casi hilarante, verlos bucear vestidos con su uniforme. Al menos se habían quitado los cascos.

El cristal delantero resistió pero el sargento dio la vuelta y trató de abrir mi puerta. Lo consiguió con gran esfuerzo debido al empuje de las aguas. Me cogió del brazo. Luché para permanecer en el coche y morir con Jacob. Pero él me cogió con fuerza y consiguió arrebatarme de entre los hilos de las parcas. No cubría mucho, apenas dos metros. Pero había sobrado para que el coche se convirtiese en una trampa mortal.

— ¡Qué demonios estaba haciendo allí abajo! ¿Quería morir? ¿Se ha vuelto loca? —me gritó el sargento cuando salimos a la superficie.

Sentada en la hierba, empapada, vi como el otro policía sacaba a Jacob del agua.

No consiguieron reanimarle. Y Jacob se fue al Cielo, al Purgatorio, donde fuera, pero con los ángeles.

Le había salvado.

CAPÍTULO 22:

Yo también soy un monstruo

— Debería haberle dicho hace tiempo una cosa.

Miré bajo la ventana de mi baño. Shaun O'Connor estaba de pie, junto a Polrot. Yo me estaba secando con una toalla y les espiaba. Detrás de ellos, un grupo de policías estaba en mi jardín, cavando donde yo había dejado la pala hundida en la tierra, indicando el lugar en el que debían buscar, bajo la lápida que rezaba: "Aquí yace un ángel". Sabía que hasta aquellos memos de Scotland Yard serían capaces de sumar dos y dos.

Miré al antiguo vicario, a punto de violar el secreto de confesión. Él no lo consideraba como tal, pero yo le conté algo en secreto y él iba a revelarlo.

— Se trata de una cosa que me contó la señora Darnes — añadió Shaun—. Hasta ahora tuve dudas sobre si debía o no contarlo, pero ahora que Jacob ha muerto, creo que me equivoqué al callar. Tengo la impresión de que lo malinterpreté todo.

Aquella última frase pareció despertar a Polrot de su ensueño. Hasta ese instante miraba al cielo, a algún lugar lejano al que le conducían sus pensamientos.

— Por favor, explíquese *monsieur* O'Connor.

— Bien, el otro día pasó algo extraño. La señora Darnes vino a mi estudio, cosa que no había hecho nunca en todos los años que llevamos aquí. Y vino a preguntarme si un padre o una madre que ha causado la muerte de su hijo puede ir al Paraíso. Yo creí que ella pensaba que John o Fiona Rider habían matado a su hija. Pero ahora...

— Ahora se pregunta si *madame* Darnes había planeado la muerte de Jacob y se preguntaba si podría ella salvarse en la otra vida pese a su crimen.

— Así es.

— Creo que es eso lo que le preguntaba, exactamente. Y usted debió darle una explicación que le sirvió para convencerse de cometer el asesinato.

— Nunca me perdonaré mi torpeza. Pero, ¿quién iba a imaginar que hiciera algo así?

Desde mi atalaya en el baño, solté un bufido. El sargento Davis le había contado a todo el mundo que no me rescató. Según su versión de los hechos yo estaba en mi asiento contemplando a Jacob morir. Y no hice nada por salvarle ni por salvarme a mí misma.

En Styles Mansions, todos me creían un monstruo. Probablemente me lo merecía.

— Si me permite, señor Polrot, yo también tengo algo que decirle.

Effie O'Connor se hallaba detrás de su esposo, como el que espera turno en el mercado. Se adelantó.

— El otro día no fui sincera con usted. Sé de quién era esa voz rabiosa que gritaba "qué vas a hacer".

— Conozco el origen de esa voz. Usted cree, *madame*, que era la de Roger Darnes.

— Estoy convencida de ello. Fue empeorando los últimos años... antes de que lo internasen. Era un hombre encantador, aunque olvidadizo, cariñoso con su mujer y sus hijos. Un instante después, de pronto, se convertía en un ser distinto, atacaba a su mujer, la insultaba, la llamaba idiota. A menudo hacía alguna maldad, como si fuese un niño pequeño, y decía esa frase de...

— *Pardon, madame.* No entiendo lo de niño pequeño.

— Sí. Cogía un adorno de porcelana de los que le gustaban a Miranda. Lo tiraba al suelo y decía: "Ahora, idiota, ¿qué vas a hacer".

Creo que sabía que pronto le iban a internar, que estaba perdiendo la cabeza y que su destino estaba en manos de su esposa. El día que ella dijese basta iría a prisión, por así decirlo. Y eso le volvía cada vez más violento.

— ¿Alguna vez la vio pegarla?

— No. Solo era agresivo de palabra, al menos en presencia de extraños. Pero quién sabe lo que pasaba en privado. O cómo había sido la relación entre ellos antes de enfermar.

— Ah, eso es importante, *madame* O'Connor. ¿Estamos hablando de un hombre al que su enfermedad mental le hizo volverse agresivo o de un hombre malvado por naturaleza? ¿O ambas cosas? Por eso siempre me entraban las dudas a la hora de examinar esta cuestión. La cosa parece clara pero, ¿y si no lo fuera tanto? ¿Y si todo fuese una elaborada mentira?

— ¿Mentira?

— A veces las apariencias engañan. La voz que usted oía no era la de Roger Darnes.

— ¿No?

— Tardé en darme cuenta. Demasiado. Lo hice hace un rato, mientras reconstruía las vidas de los habitantes de esta urbanización. Miré a Jacob y me di cuenta de la verdad. Porque era su voz la que oímos todos hace tres noches. El muchacho había heredado la demencia de su padre. Solo que se le había presentado mucho más pronto, no a los cincuenta, que es cuando el señor Darnes comenzó a desarrollar su enfermedad, sino en la adolescencia. En pocos años habría acabado internado. Lo que arroja nueva luz sobre las acciones de Miranda Darnes. Pero aun así, hay algo que no comprendo del todo. Y ella no me va a contar nada al respecto. Es una experta en ocultar cosas.

— Es una mala persona. Peor aún que su marido. Se lo puedo asegurar.

El detective ladeó la cabeza sin dejar de mirar a Effie O'Connor.

— Me temo que tengo que darle la razón, *madame*.

— Señor Polrot. Hay algo que querría rogarle.

El señor O'Connor reclamaba de nuevo la atención del detective.

— No sé si voy a poder ayudarle en lo que me va a pedir, *monsieur*.

— Aún no le formulado mi petición.

— Va a pedirme que pase de puntillas sobre su caso. Sobre sus actividades secretas en ese zulo de su estudio de trabajo.

Shaun asintió.

— Aunque tardíamente, hemos colaborado con usted. Le pido que tenga misericordia. Los tres se lo pedimos.

El antiguo vicario abarcó con un gesto de la mano a su esposa y a su hija.

— Por eso hemos venido todos, como una familia, para rogarle que tenga clemencia, misericordia, a la hora de desvelar nuestros asuntos. Lo que sucedía en mi estudio no tiene nada que ver con la muerte de Claudia o la desaparición de Lily.

— *Monsieur* O'Connor, no puedo prometerle nada. Aún no tengo claro todo lo que pasó. ¿Claudia y Lily fueron atacadas por la misma persona? No he descartado aún a nadie. Y todavía me queda por encajar la pista del diario de la pequeña, la cual...

— Ya le dije antes que no es un diario.

La voz de Marcia se elevó desde uno de mis parterres. La niña dio un paso al frente.

— Es un libro de poemas: un libro donde escribir cosas profundas, todas las cosas malas que pasaban aquí, eso decía ella. Ya se lo expliqué.

— Calla, por Dios, Marcia —la regañó su madre—. ¿Qué importancia puede tener ahora eso?

— *Non, non, madame. Elle a raison.* Es un libro de poemas, sigo llamándolo diario y no debería. Una vez nos acostumbramos a una palabra...

El rostro de Polrot se puso pálido. Nunca en mi vida he visto a alguien perder el color a mayor velocidad. Era como si toda la sangre de su faz se hubiese evaporado.

— *Oh, mon Dieu. Je suis un idiot, an imbécile.* ¡Soy el hombre más estúpido de la creación! El libro señalaba al culpable claramente, sin margen de error. Y yo no fui capaz de verlo. Porque miraba lo accesorio en lugar de concentrarme en lo esencial. ¡No es un diario! Era tan sencillo como eso. *Quel idiot je suis.*

Polrot se acercó a Marcia y le pellizcó cariñosamente una mejilla.

— *Ma petite,* has resuelto el caso.

En ese momento llegó McTavish en persona. Carraspeó:

— Señor Polrot, acabamos de hallar un cadáver en la tumba.

— Bajo el perro, sin duda.

— En efecto. Primero encontramos el cadáver reciente de un bulldog y, debajo de él, más huesos de animales. Pero finalmente han aparecido los restos de un ser humano, alguien de pequeña estatura. Como un niño.

— O una niña como Lily Palmer.

— Exacto.

Polrot levantó la vista y me descubrió espiándole desde la ventana del cuarto de baño. Entonces le dijo al inspector jefe, aunque sin dejar de mirarme.

— Ya que estamos casi todos aquí, en la casa de los Darnes, creo que deberíamos reunirnos este lugar. El salón de esta casa es más amplio aún que el mío. Además, estoy en disposición de resolver el caso y explicar qué les pasó exactamente a Lily y a Claudia.

—¿Traigo a los Weaver y los Knowles cuando el levantamiento del cadáver esté listo?

Primero habría que acordonar la zona, llamar al forense y cumplir con diversos formalismos. Y hacer lo propio con el cadáver de Jacob, que seguía junto al lago. McTavish no era un hombre rápido sino alguien meticuloso. Pasaría mucho rato hasta que todo estuviese listo, ya había quedado demostrado cuando encontraron el cadáver de Claudia. Pero al final las cosas estarían bien hechas y según el reglamento.

— Si es tan amable, inspector jefe.

McTavish se dio la vuelta y se encaminó resueltamente hacia la verja de mi jardín. Yo cerré la ventana del lavabo y terminé de secarme. Me maquillé con cuidado para disimular los golpes que me había propinado Jacob en su intento de salir del coche. Afuera me esperaba el sargento Davis, que tenía orden de no perderme de vista.

— Nos vamos a reunir todos en el salón, sargento. ¿Le parece bien si aguardamos allí?

— Yo voy donde usted vaya. Esas son mis órdenes. Al menos hasta que el inspector jefe decida si presenta cargos contra usted.

— Perfecto.

Entré en el salón. Me dirigí resueltamente al mueble de las bebidas.

— ¿Le apetece tomar algo?

— Estoy de servicio.

— Pues yo me voy a tomar un licor de menta, si no pone impedimento.

Davis se encogió de hombros. Yo comencé a mover botellas hasta que el sargento dejó de mirarme. Se volvió hacia un cuadro y bostezó. Aproveché aquella breve distracción para coger el estuche de madera que había dejado en la parte superior del mueble. Saqué a toda prisa el revolver de mi marido y lo coloqué dentro de una caja de puros medio vacía que estaba siempre detrás de la portezuela derecha, delante de los licores. Calculé los riesgos de mi plan y decidí que resultaría. Aún me quedaba una misión por cumplir. Y estaba dispuesta.

— Me encanta el sabor de la menta, sargento —dije, tomando asiento en el sofá que presidía el salón. Allí se había sentado Roger en el pasado. Ahora era mi lugar.

— Dicen que está muy rica, señora Darnes. Nunca la he probado.

— Cuando termine su jornada laboral puede tomarse una copita. Yo invito.

— Muchas gracias.

Después de más de una hora de conversación intrascendente comencé a tener hambre. Eran más de las nueve. El reloj seguía avanzando lento, exasperantemente lento.

— Al inspector jefe le gustan las cosas bien hechas. Pero no creo que tarden en llegar —me dijo Davis cuando ya pasaba de las once.

Un rato después llegaron mis invitados. Oí que alguien abría la puerta del sótano. Casi me atraganto con mi tercera copa de licor de menta. La puerta se cerró. ¿Quién estaría bajando y para qué? Con la puerta cerrada no se oía nada de lo que pasaba escaleras abajo. Respiré hondo y expiré lentamente, tratando de calmarme.

La puerta volvió a abrirse. Alguien había regresado, una persona que vino de inmediato a mi encuentro:

— *Bon soir, madame* —me dijo Polrot.

No respondí. Tras el detective comenzaban a colocarse en mis sofás los habitantes de Styles Mansions. Los primeros Effie y Shaun O'Connor. Tras ellos Margaret y Nathaniel Weaver, sentados muy juntos. Cabizbajos, tratando de pasar desapercibidos, Raymond y la infame Bedelia. La pequeña Marcia y Theo fueron los últimos. Desde que mi viejo coche acabara en el lago, la policía se había llevado a mi hijo pequeño. No lo había visto desde que lo dejara leyendo sus novelas de aventuras y escuchando la radio. Le lancé un beso. No sé qué le habrían contado de mí, pero el caso es que volvió el rostro. Aquello me partió el corazón.

— Todos los esfuerzos que ha hecho para engañarme y para manipularme no han servido de nada, *madame* —insistió Polrot, hablándome casi al oído—. En un momento, la verdad saldrá a la luz.

Esforzándome porque el detective no se diese cuenta de que me temblaba la mano, levanté mi copa y la apuré de un trago.

— Ya veremos, *monsieur* Polrot. Tendrá que demostrar que está a la altura del Hércules Poirot de las novelas de Agatha Christie. Y permítame decirle que lo dudo mucho.

LIBRO CUARTO

4 DE DICIEMBRE DE 1926

(Sábado: el presente)

CAPÍTULO 23:

La verdad sobre Claudia

El reloj da las doce y empieza un nuevo día.

Creo que hasta el momento he hecho una buena narración de los hechos, tal y como los recuerdo. Estoy contenta, creo que me he explicado bien.

Ahora, en el presente, me hallo en el salón de mi casa, hundida en el sillón de Roger, esperando. El resto de vecinos de Styles Mansions ha tomado asiento y Héracles Polrot (ahora sí) resolverá el caso. Creo que este es mi momento preferido de las novelas de Agatha. Ojalá fuésemos realmente personajes de una novela y todo el universo se acabase con el sonido de una página que se cierra.

Ojalá.

Pero en el mundo real, un detective belga que no es Hércules Poirot se quita su sombrero blanco y lo deja sobre una mesa. Nos mira largamente, uno por uno. No tiene prisa. Cuando toma la palabra lo hace con la fuerza del que está en posesión de la verdad.

—En este caso entré con mal pie. En el momento de mi llegada escuché la voz de un demente, una voz *terrifiante* que me hizo perder la perspectiva. "Maldita idiota, ¿qué vas a hacer?", bramaba. *Oh, mon Dieu*, aquella debía ser la voz del secuestrador de Lily, del asesino, *évidemment*. Aquella presunción, fuera o no cierta, que ya se verá, me colocó en un punto de partida demasiado reducido: buscaba a alguien mentalmente perturbado, alguien fuera de control. Aquello hizo que mi cerebro no pensase de la forma correcta y no se abriese a otras posibilidades. Cuando lo hizo, era ya demasiado tarde.

« El segundo elemento que distorsionó, por así decirlo, mi visión del caso, fue *madame* Darnes. Ella afirmaba conocer la identidad del asesino y estar dispuesta a ayudarme para que yo hiciese justicia. Pretendía, o eso proclamaba, ser mi ayudante, mi Hastings como lo llamaba ella. Una vez más, cegado por esa impresión inicial, por el grito de un loco y la actitud posterior de *madame* Darnes, no me hice las preguntas adecuadas. ¿Quería ella realmente ayudarme? ¿Sabía ella realmente cuál era la identidad del asesino? ¿Quería ella realmente hacer justicia? Y, lo más importante, ¿qué entendía *madame* Darnes por justicia?

Es el momento de hablar. Me incorporo, reclamando la atención de todos los presentes. Entre sollozos e hipidos, confieso:

— El asesino fue mi hijo Jacob —revelo, constatando por su gesto que algunos ya lo sospechaban—. Había heredado la enfermedad mental de mi esposo, de mi Roger. Hace dos meses comenzó a mostrar unos síntomas que conocía bien; le cambió la personalidad, comenzó a insultarme y a poner esa voz demoníaca. El muchacho recordaba la forma en que me trataba su padre y, cuando la enfermedad le atacó, se convirtió en una especie de doble que repetía la actitud de su progenitor. Jacob era dos personas en una, a ratos afectuoso y un buen hijo, otras un monstruo. Comencé a sospechar de él, de que la enfermedad, que en este momento era evidente, no hubiese comenzado tiempo atrás, meses atrás, tal vez dos años atrás… ya saben, cuando desapareció Lily Rider. Me di cuenta de que pasaba mucho tiempo en el sótano. Demasiado. A menudo solo, sin su hermano Theo. Hace cuatro días encontré allí abajo los huesos de la pobre Lily. Jacob me confesó ambos crímenes, también el de Claudia. Yo… yo lo llevé al lago y… tuvimos un terrible accidente. Creo que fue lo mejor que le podía haber pasado. No quería que acabase en una habitación de paredes acolchadas o atado a una cama, como su padre.

— Bueno, creo que el caso está resuelto —declara el señor O'Connor, lanzando un suspiro de alivio—. Me parece que todo está muy claro.

— No, no lo está — afirma Polrot.

— Lamento haber tardado tanto en explicar la verdad —añado entre lágrimas—. Todo lo que hice fue porque le quer…

— No entremos en detalles sobre sus acciones, *madame* —me interrumpe Polrot, sin un asomo de empatía por el dolor que estoy mostrando en mi confesión—. Luego ya hablaremos de los motivos para cada uno de sus actos. Ahora solo tengo una duda que espero pueda solventarme. Es algo muy simple. ¿Por qué no me reveló nada más llegar a Styles Mansions la identidad del asesino? ¿Por qué no me lo dijo a mí, a la policía, a quién fuese, que Jacob Darnes era un criminal peligroso?

— Es que... quería protegerlo.

— *Mais non*, usted insistió una y otra vez que yo debía hallar al asesino por mí mismo, que usted no me lo podía decir, que pondría en peligro a inocentes. Me aseguró que al descubrir la verdad entendería el porqué. Pues bien, dígame qué inocentes estaban en peligro. Y dígame, sobre todo, qué habría cambiado si yo lo hubiera descubierto antes, días atrás. ¿Por qué no habría servido de nada que usted me lo dijese? Una y otra vez ha insistido sobre ese punto. Usted no podía revelármelo. Era yo quien debía descubrirlo.

— Bueno... yo quería que usted hallase a Jacob para... para...

No soy lo bastante rápida inventando un motivo. Todos se dan cuenta.

— Deje de decir mentiras y de tratar de engañarme. Siéntese y permítame proseguir con el relato de los hechos.

Polrot golpea el suelo con su bastón al ver que no tomo asiento. Finalmente, obedezco.

— Cuando fui contratado por John Rider para resolver el caso yo no conocía Styles Mansions —explica el detective, tras casi un minuto en silencio—. John me dijo que era un lugar donde se respiraba maldad. Que se arrepentía de haber llevado allí a su familia. Que aquella decisión le perseguiría hasta el fin de sus días. Hace unos minutos le he llamado. Le he revelado la identidad de los culpables, del crimen de cada uno de los implicados, de sus vecinos de esta urbanización. Y ha llorado largo rato. La culpa es peor que el peor cáncer. Es la culpa la que lo devora y no un cáncer de páncreas, que es lo que los médicos le han diagnosticado. Buscando algo de diversión con una chica joven, mandó a su familia, a la sangre de su sangre, al mismísimo infierno. De alguna manera propició la muerte de su hija y destrozó la vida de su esposa al traerlas a este lugar donde, repito, él afirma que tardó en darse cuenta de que se respiraba maldad.

« Respirar maldad es algo demasiado poético, intangible, *bien sûr*. No explica nada. Y, sin embargo, puede explicarlo todo. Yo tuve la misma sensación cuando llegué aquí, sobre todo luego de escuchar aquella voz enloquecida. Hace un rato ya hemos hablado de que este es un lugar para esconderse no para vivir. Pero ahora quiero profundizar en cada caso. Y creo que lo mejor es comenzar por Lily Rider.

El detective avanza por mi salón hasta ubicarse delante de los O'Connor, los tres en el sofá pequeño bajo la lámpara de pie que era de mi madre.

— Lily, ya lo sabemos, era una niña desgraciada, maltratada por uno de sus progenitores, dejada de lado por el otro. Se entretenía buscando la manera de enfrentar a los vecinos, de hacerlos tan desgraciados como lo era ella misma. ¿Descubrió algo de los O'Connor que condujese a su secuestro, a su muerte?

— No —niega, tajante, Effie.

— Eso ya se verá —responde Polrot, sacando un libro en forma de corazón del bolsillo derecho de su chaqueta—. Leamos qué dice Lily de usted, *madame*.

La señora Effie O'Connor es mentirosa. La mentirosa quiere marcharse, irse muy lejos y habla con sus amigas por teléfono cuando su marido no está. Quiere volver a Irlanda o irse a otra parte. También habla con el hombre del sombrero y le acaricia la cara.

Shaun se vuelve hacia su esposa. Va a decir algo, pero al final cambia de opinión.

— Ya hablaremos más adelante del hombre del sombrero —dice Polrot—. Ahora quiero centrarme en una mujer infeliz, que quiere marcharse a cualquier precio de Styles Mansions y dejar a su esposo. Un secreto que no quiere que salga a la luz hasta que haga las maletas y desaparezca una mañana con su hija. ¿Esas razones son suficientes para matar a Lily o a Claudia? *Je dis non*. Si todas las mujeres infelices que sueñan con irse de casa mataran a sus vecinas los cadáveres se amontonarían en las cunetas.

« Hablemos ahora de *monsieur* O'Connor. Y leamos lo que dice de él Lily Rider, esa niña extraordinaria que conocía a sus vecinos mejor de lo que ellos se conocían a sí mismos.

El señor O'Connor es un carcelero. Trae a señores por la noche. El señor carcelero los esconde en su estudio. Hablan de cosas que no se entienden. También es mentiroso.

— Le pedí, señor Polrot, que tuviera algo de clemencia con mi caso —ruega Shaun O'Connor—. Pensé que teníamos aficiones en común, que éramos amigos. Yo no tengo nada que ver con esas muertes y usted lo sabe.

Poco queda, en ese momento, del intelectual seguro de sí mismo que apenas dejaba hablar al detective cuando estuvimos en Harrogate. Ahora parece un cordero intentando huir del sacrificio.

— Pero usted ha cometido delitos graves, *monsieur* —le contesta Polrot—. ¡Eso no puedo pasarlo por alto! Usted esconde en su casa a fugitivos de la justicia. Sabía el riesgo que asumía al llevar a cabo esos actos. Ya le costaron su puesto de vicario en Irlanda, *vous le savez bien*. Piense que Scotland Yard registrará su estudio a fondo: huellas, papeles... todo saldrá a la luz en breve. Es ya inevitable.

El inspector jefe McTavish da un paso al frente al oír aquellas palabras.   Polrot le hace un gesto para que se detenga. Y dice:

— El otro día hablé con los niños en el desván de su casa. Ellos me explicaron que Lily afirmaba que los señores O'Connor se escondían de la policía porque habían cometido muchos delitos. Como siempre, Lily acertaba incluso cuando se dejaba llevar por la imaginación. Lo que ella vio era que Shaun y Effie se escondían cuando algún policía aparecía por Styles Mansions. Entraban en su estudio y no salían hasta que el agente se marchaba. Daba igual por lo que hubiese venido, a vigilar los contornos, o sencillamente para ver cómo iban las cosas en aquella urbanización perdida en la montaña. Y es que los O'Connor tenían miedo de ser descubiertos.

El antiguo vicario escruta el rostro de Polrot, como pidiendo que se calle, que tenga clemencia. Pero es un hombre de Dios: sabe que la clemencia no existe en este mundo. Reza en voz baja, mueve de un lado a otro su cabeza calva, balancea su cuerpo enjuto hasta topar con el de su mujer. Parece estar en trance pero solo está tratando de aceptar la situación, de reconciliarse con su Dios antes de ir a la cárcel. Por fin, derrotado, decide que es el momento de confesar:

— Un hombre debe hacer lo que debe hacer. A menudo la justicia se equivoca con los menos favorecidos, gente pobre, extranjera, almas sin recursos. Como vicario tuve la oportunidad de ver cómo mis feligreses más desfavorecidos acababan en prisión por naderías. Otros, verdaderamente culpables, eran exonerados porque podían pagar las minutas de buenos abogados.

«Yo soy un patriota irlandés —añade entonces Shaun—. Inglaterra y parte de mi pueblo están en guerra hace tiempo. Hay gente que huye de la justicia, gente que aquí llaman Terroristas del IRA. Pero no todo es tan sencillo. Nunca he ayudado a nadie con delitos de sangre, eso se lo puedo jurar. Pero a menudo las autoridades buscan a chicos que han lanzado una piedra, o se metieron en una pelea con un soldado inglés, o cosas aún menores. Ellos saben que en mi casa tienen un refugio hasta que las cosas se calmen, un lugar donde nadie los buscará, en pleno corazón de Inglaterra.

— Una casa franca —dice Polrot.

— Un refugio, ya se lo he dicho. Aquí no se hacen bombas ni se preparan crímenes, solo se ayuda a los necesitados. Mis superiores en el norte de Irlanda dijeron que mis acciones eran demasiado arriesgadas, que actuaba de forma demasiado abierta, que ayudaba a demasiados muchachos.

— Y su esposa nunca estuvo de acuerdo en sacrificarlo todo para irse a un sitio aislado, un lugar donde seguir ayudando a los combatientes de esa guerra que según usted se está librando.

— Effie tenía amigas y muchas actividades en Lisburn. Ella aquí no es feliz.

— No, no lo soy —reconoce su esposa.

Polrot se da la vuelta. Camina por el salón a pequeños pasos. Finalmente señala a Marcia O'Connor.

— Lily también habla de otro miembro de los O'Connor en su librito en forma de corazón. Pero hablaremos de ello más tarde, si les parece. Es un asunto mucho más importante de lo que ahora pueda parecer.

La niña, con lágrimas en los ojos, mira a sus padres y apenas es consciente de las palabras del detective, que se acerca en ese momento a los Weaver. Nathaniel sostiene un brazo de Margaret, que parece algo ausente, sin duda bajo el efecto de algún calmante.

— Ahora, si me lo permiten, voy a dar un salto hacia Claudia Weaver. Aunque lo que voy a explicar está relacionado con Lily, pero ahora la protagonista debe ser otra. Pronto comprenderán por qué.

« Y es que Claudia Weaver estaba convencida de que el secuestrador y asesino de Lily era su vecino Shaun O'Connor. Y se sentía culpable por no haberlo denunciado.

Aquella revelación hace que se eleve una exclamación de sorpresa entre los reunidos. Polrot observa la reacción de cada uno de nosotros. Parece que algo que ha visto confirma sus sospechas.

— Todo sucedió el día de la desaparición de Lily —prosigue Polrot—. Los O'Connor mintieron a la policía al decir que no estaban en casa y se procuraron una coartada falsa por parte de gente de su organización, en un pub irlandés de Harrogate. ¿Por qué lo hicieron? Aquí solo puedo especular, pero creo que no voy errado si afirmo que acababa de llegar uno de sus invitados y estaban preparando el zulo cuando llegó la policía. Ellos no sabían que Lily había desaparecido. Aterrados, se encerraron Shaun y Effie junto a su visitante en el zulo. Cerraron la trampilla y aguardaron a que pasase la tormenta. Cuando la policía llamó a su puerta, permanecieron allí, rezando para que no los detuviesen.

« Pero no pasó nada porque, para empezar, nadie les estaba buscando. Cuando McTavish y sus chicos se marcharon, salieron subrepticiamente de su escondrijo, con la mala fortuna que Claudia Weaver los vio desde el muro contiguo en el jardín de sus padres. Pero claro, no podía avisar a la policía. ¿Quién iba a creerla? Nadie creería a alguien como Claudia. Eso pensó la pobrecilla.

— No comprendo —digo, sorprendida—. ¿Por qué no iban a creerla?

— Vaya, *madame* Darnes, usted, que enterró y luego desenterró a esa dulce criatura, ¿no se dio cuenta de su secreto?

Las palabras de Polrot dejan helada a la audiencia. A todos menos a Nathaniel Weaver, que se levanta de su sillón con el puño en alto para golpearme. Héracles se coloca delante del Coronel.

— Debe tener paciencia, *monsieur*. Usted ha sido militar. Debería saber controlarse. De lo contrario, nunca sabrá lo que le pasó a su hija. Ni quién la mató en verdad. Ya se lo he dicho antes. ¡Cálmese de una vez!

Una ira inmensa, sin fin, corre por las venas de Nathaniel. Yo le conozco y sé que detrás de la máscara hay mucha furia mal controlada, una desazón inmensa y un inmenso sentimiento de culpa. Es un volcán a punto de estallar.

— Deberías fumarte uno de los puros de Roger —le ofrezco, en tono amistoso—. Te calmarán. ¿Recuerdas cuánto te gustaban?

— Si es cierto que profanaste el cadáver de mi hija, no pararé hasta verte colgada de una soga, Miranda —me amenaza el Coronel.

Pero, tras un instante de duda, reflexiona sobre mi ofrecimiento y camina alejándose del sofá hacia el mueble de los licores. Abre una de las portezuelas y coge la caja de puros. Son puros dominicanos de primera calidad. Hace años, antes de que Roger empeorase, se los fumaban mientras Margaret y yo hablábamos de nuestras cosas. Buenos tiempos. Casi parecen un sueño.

— Cogeré uno —dice Nathaniel.

Se queda petrificado al abrir la caja. Está mirando la pistola que he dejado allí para que él la encuentre.

— ¿Le pasa algo, *monsieur* Weaver?

Polrot ha descubierto algo en su gesto, pero no sabe el qué.

— No, no, nada...

Nathaniel se da la vuelta, enciende el puro con una caja de cerillas que siempre dejo sobre el mueble. Solo yo me he dado cuenta de que ha escondido la pistola en el bolsillo izquierdo de su pantalón. Luego regresa a su asiento, lanzando espirales de humo.

— Bien, proseguimos —declara Polrot—. ¿Dónde estábamos? *Ah, oui.* Claudia tiene una espina clavada. Nunca informó a la policía de que los O'Connor estaban en casa cuando desapareció Lily. ¿Por qué mintieron?, se pregunta. La joven se hace mayor y aquello le ronda la cabeza. Tal vez, vigilando lo que hacen sus vecinos, es testigo de esos hombres que entran en casa de los O'Connor pero no los ve salir. Y no lo hace porque Shaun los devuelve al mundo de incógnito, listos para ir a buscar papeles nuevos falsificados que le consiguen sus amigos irlandeses de Harrogate. Los O'Connor sacan a sus amigos de Styles Mansions ocultos en su coche bajo una manta o de alguna otra forma ingeniosa. Cada cierto tiempo, entra en aquella vivienda un hombre buscado por la policía y nadie sale. En su lugar, un ciudadano anónimo, sin antecedentes, comienza una nueva vida en un pueblo de los contornos o en Leeds o donde sea.

« Claudia investiga, como hizo Lily, pero de una forma más profesional, más adulta. Cierto día ha reunido suficientes evidencias y se enfrenta a Shaun O'Connor. Es el día de su desaparición. O tal vez el día antes. Vuelvo a especular, pero estoy convencido que les dice que sospecha que encerraron a Lily en el escondrijo de su estudio. Y que sabe con seguridad que lo han hecho con mucha más gente. Es una chica joven, impresionable, que lee novelas de detectives. Su mente calenturienta cree que puede hallarse ante unos asesinos en serie que esconden docenas de cadáveres. Parte de esta conversación fue escuchada por *madame* Darnes. Ahora yo me pregunto: ¿Lo que había descubierto Claudia, aunque en parte erróneo, aterroriza lo suficiente al antiguo vicario como para darle muerte? Puede ser.

— ¡Yo no la maté! —grita Shaun O'Connor.

— He dicho puede ser —insiste Polrot—. Pero, tras examinar los hechos *je dis encore non*. *Monsieur* O'Connor no mató a Claudia. Hallamos a la pobrecilla prácticamente decapitada. Y los huesos de Lily muestran marcas de múltiples puñaladas, tal vez tortura, tal vez incluso desmembramiento del cuerpo. Yo veo posible que *monsieur* O'Connor, viendo que Claudia iba a denunciarle a la policía, la matase al perder los nervios, guiado por el terror a ser detenido. Pero es un hombre de Dios. ¿Alguien se lo imagina colocando a la muchacha sobre una mesa y seccionando su cuello con un cuchillo hasta casi descabezarla? ¿O torturando a Lily Rider, una pequeña de tan solo ocho años? No. Para nada. Además, Claudia no tenía claro ni siquiera si iba a denunciar a los O'Connor en persona; estaba convencida de que nadie le haría caso y que su testimonio no sería considerado por un tribunal, aparte de sumir a su familia en la vergüenza. Ella pretendía reunir pruebas contra los O'Connor, por eso se llevó sus informes, que barrunto serían descripciones físicas de cada uno de los hombres que entraron y desaparecieron en el estudio del vicario, días, horas y especulaciones varias. El viaje a Harrogate era para Claudia una expedición, una toma de contacto con el mundo. Si no se veía con fuerzas para ir en persona a Scotland Yard, pensaba mandar un anónimo con sus hallazgos.

« Pero entonces sucedió algo increíble. Fue testigo de un hecho, ignoro cual, más tarde plantearé una hipótesis sobre lo que creo que sucedió. Pero el caso es que ese mismo día cambió de opinión y descubrió que el asesino podía ser otra persona: Jacob Darnes. Y decidió marchar, no a Harrogate sino a una villa muy cercana: Bilton. Allí pretendía buscar pruebas contra Jacob, pues era el lugar donde había estado internado su padre: Roger Darnes. Sin embargo, se hallaba ante el mismo problema que cuando creyó que el asesino era Shaun O'Connor. Nadie la iba a creer.

McTavish se ve obligado a intervenir, hace tiempo que menea la cabeza, incapaz de comprender una de las afirmaciones de Polrot:

— En Scotland Yard escuchamos a todo el mundo. La joven tenía solo 19 años, cierto, pero yo habría tomado nota de sus sospechas. Y habría investigado de inmediato.

— Ella pensaba que la tomaría por loca.

— ¿Lo que iba a contarme era tan increíble?

— No. Es que su padre le había hecho creer, desde niña, que el mundo entero la iba a creer una loca. Que no confiase en nadie, que no revelase su secreto a nadie porque la encerrarían de por vida. Y, por desgracia, no se equivocaba.

— Perdone, señor Polrot —dice McTavish, cada vez más sorprendido—. Sigo sin entender.

— Si me permite, voy a leer lo que Lily dejó escrito de los Weaver. Tal vez aclare las cosas.

Polrot toma la libreta y lee:

Primero habla de Claudia: *La que no es ella esconde quién es. Pero es buena conmigo. Aunque también es mentirosa. ¿Solo hay mentirosos en Styles Mansions?*

Y luego habla de sus padres: *La señora Vergüenza habla mucho para que no sepan lo que piensa. Se avergüenza de la que no es ella, por eso la llamo así. El hombre del sombrero la mira. La señora hace ver que no lo ha visto. El señor Vergüenza llora por la noche. La que no es ella lo sabe. Se quiere morir. El señor Vergüenza es infeliz. Coge su pistola, se la pone en la boca. Pero no dispara.*

El inspector jefe estaba boquiabierto. Entiende aquel asunto aún menos que antes de la lectura del detective. Héracles viene en su auxilio:

— ¿Por qué llama Lily a Claudia "la que no es ella"? Pobre *mademoiselle* Weaver. Padecía una enfermedad que no es una enfermedad. Algo que hoy en día se considera una locura, algo por lo que te internan en un psiquiátrico y tiran la llave. Oh, qué mujer más valiente. Estaba dispuesta a ir al Swan Hospital de Bilton, un lugar donde, de haber descubierto su condición, la habrían encerrado sin dudarlo. Pero la verdad era más importante para Claudia que su propia vida. Estaba harta tras años de encierro, estaba más harta aún que Effie O'Connor, que su madre Margaret o que el resto de prisioneros de esta cárcel que es en realidad Styles Mansions.

— Por favor, explíquese señor Polrot —ruega el inspector jefe—. ¿Qué le pasaba a Claudia Weaver?

El detective se da la vuelta y mira a Nathaniel.

— El otro día acudí al Registro General en Harrogate a pedir la partida de nacimiento de su hija, de Claudia. Pero, como ya le expliqué, no necesité que me la dieran. Porque cuando pregunté por la hija de los Weaver me respondieron: "¿Qué hija?". Vamos, Coronel, deje de ser el señor Vergüenza por una vez, deje de ser ese hombre que huyó de su familia y amigos para que no viesen a Claudia, deje de ser ese hombre que piensa a veces en el suicidio, haga honor a la memoria de esa buena muchacha.

Pero Nathaniel calla. Margaret despierta del ensueño de los calmantes:

— Este cobarde no va a decir nada. Ni siquiera hablaba con la pobre Claudia del tema. La amaba, yo sé que amaba a nuestra niña con todo su corazón. Renunció a su carrera, a su entorno, a toda su vida por ella, pero no aceptaba su condición. La educación que ha recibido desde niño, el mundo castrense, militar, conservador, en el que creció, todo su ser gritaba no, no, no. Yo hablé muchas veces del tema con Claudia y le dije que llegaría el día en que la gente como ella será aceptada.

— Pero no esta década, no este siglo —dijo por fin el Coronel—. Aunque Claudia hubiese vivido cien años no habría llegado a ver un mundo donde la aceptasen del todo.

— ¿Claudia era lesbiana? —dice McTavish, por primera vez intuyendo por dónde va el asunto.

Pero ha errado.

— No —le explica Margaret—. Era una mujer. Una mujer nacida con genitales masculinos.

— Una mujer encerrada en el cuerpo de un hombre —añade Nathaniel, tomando fuerzas por fin para contar la verdad—. Eso nos decía. Que Dios se había equivocado, que ella era una niña no un niño. Desde que pudo hablar nos lo dijo. No soy un niño, papá. Y yo le decía: claro que sí, Claudio. Pero él insistía: no, yo quiero jugar con muñecas y llevar vestidos. Rompía la ropa de niño y tiró el tanque de madera que le hice.

Todos comprendemos por fin. Recordamos a Claudia hablando siempre en voz baja, con un pañuelo tapándole el cuello para no mostrar la incipiente nuez de adán que la delataría.

— Investigamos el tema —nos explica Margaret, con un tono de voz monótono—. Hoy en día lo que era Claudia se considera una enfermedad mental. Sin más. Pero nosotros sabíamos que no lo era. Su determinación a vestir y a vivir como mujer nos hizo tomar una decisión: o la encerrábamos en un psiquiátrico cuando sabíamos que no estaba loca o empezábamos de nuevo en otro lugar, uno donde nadie supiera que habíamos tenido un hijo llamado Claudio.

— Y vinieron al infierno, a Styles Mansions —dice Polrot.

— Nosotros no sabíamos que lo era. Pensamos que aquí seríamos felices.

— Pensaron que aquí podrían esconderse y esconder a su hija —la corrige Polrot.

— Supongo que eso hicimos. Sí. Nos escondimos. Pero no pudimos salvar a Claudia.

Margaret se echa a llorar. El inspector jefe la contempla un instante y se retuerce el mostacho. Lo cierto es que, en una conversación larga, interrogándola sobre los crímenes que denunciaba, probablemente se habría dado cuenta que Claudia era Claudio. Una cosa eran los homosexuales, que lo cierto era que no le caían demasiado bien. Ni a nadie (eso sin tener en cuenta que ser homosexual era un delito). Pero alguien encerrado en un cuerpo equivocado, ¿qué demonios era eso? ¿Habría creído McTavish una sola palabra de lo que contase una persona como ella, él, o lo que fuese? Por Dios, estaban en 1926. La/lo habría mandado al loquero más cercano. Paradójicamente, era bien posible que Claudia hubiera acabado en el Swan Hospital de Bilton. Los Weaver tenían razón: pasarían años, décadas, incluso un siglo, para que alguien como Claudia fuese considerada una persona decente para la sociedad.

— No tendrían que haberse escondido —sentencia Polrot—. Tendrían que haber explicado a amigos y a vecinos que Claudio era en realidad Claudia. Mucha gente les habría dado la espalda. Tal vez incluso todas sus amistades, pero el mundo habría acabado al menos por tolerarles y Claudia no habría tenido que esconderse. Ustedes tampoco.

El Coronel alza la barbilla, altivo.

— Eso es fácil de decir, señor Polrot. Me gustaría saber lo que habría hecho usted, de verdad, en mi caso. Porque yo sé lo que habrían hecho mis amigos y mis compañeros del ejército enfrentados al mismo problema. La habrían internado. Sin dudarlo, convencidos de que la estaban ayudando.

Polrot frunce el ceño.

— *Vous avez raison*, Coronel. Estoy seguro de que sus amigos habrían encerrado a sus propios hijos para guardar las apariencias. Y lo más terrible es eso, que tenga usted razón, que vivamos en un mundo donde esa es la solución que la mayoría tomaría al conocer a una mujer como Claudia.

CAPÍTULO 24:

La verdad sobre Lily

Polrot se atusa el bigote. O lo intenta antes de darse cuenta de que se lo ha afeitado.

— Llegados a este punto, expongo una duda: ¿qué iba preguntar exactamente Claudia en el hospital de Bilton? Si aceptamos como un hecho que iba al psiquiátrico, ¿qué era eso tan importante que necesitaba saber? Hablamos de algo por lo que estaba dispuesta a arriesgar la vida, porque si alguien en el Swan hospital descubría que Claudia tenía un trastorno de identidad de género... llamémoslo así... bueno, acabaría ingresada de por vida como un día lo fue Roger Darnes.

« Ayer mismo fui con *madame* Darnes al hospital y no supe encontrar esa pregunta decisiva que la joven necesitaba hacer. Pero ahora creo saber cuál era.

— ¿Cuál? —pregunto.

— Claudia sabía que no le responderían a temas privados sobre un interno del hospital si llamaba por teléfono. Puede ser incluso que lo intentase... sin éxito, claro. De cualquier forma, decidió ir en persona para convencer a los médicos que era cuestión de vida o muerte que ella supiera una cosa: si la enfermedad mental de Roger Darnes era hereditaria y si uno de sus hijos podría haberla desarrollado con solo trece años. Creo que también quería saber si, en caso de haber enfermado, podía ser tan peligroso como para secuestrar y asesinar a una niña pequeña como Lily Rider.

Es mi oportunidad de volver a hablar, de explicarle a Polrot mi verdad.

— Pues si eso era lo que quería preguntar, creo que le habrían respondido afirmativamente — admito, apesadumbrada—. Ya he dicho que mi hijo Jacob estaba enfermo. Empeoraba día a día. A veces era un chico maravilloso, siempre jugando con sus coches. Siempre alegre. Pero, al igual que Roger, se transformaba de pronto en otra persona. Le cambiaba la voz. Era algo terrible.

Polrot me contempla con sus ojillos diminutos.

— No dudo que fuera terrible, *madame*. Y tampoco dudo, a estas alturas, de que Jacob Darnes estaba enfermo, pero, si me lo permite, vamos a pasar de largo sobre este tema y volvamos a lo importante, a la búsqueda del asesino de estas dos niñas, jóvenes, maravillosas. Comencemos por Lily Rider. ¿Quién tenía un motivo para hacerle daño? Ya hemos visto que la niña había descubierto las actividades fuera de la ley de los O'Connor, aunque es evidente que no entendía la naturaleza de las mismas. Sabemos también que sus propios padres tenían problemas. Esto dice en su libro sobre John Rider:

Mi papá solo piensa en trabajar. En trabajar y en la otra mujer.

— *Pauvre enfant*. Sobre la madre escribió :

No quiero que me pegue más. La quiero.

— *Pauvre, pauvre Lily,* que vino al infierno de Styles Mansions. Por un momento, aunque sea como mera especulación, hay que tener en cuenta la posibilidad de que la mataran los propios Rider. Es factible pensar en una muerte accidental, en que Fiona Rider le diese una bofetada de más a la niña y su cabeza golpeara contra un mueble, perdiendo la vida. Visto el estado de los huesos no es fácil saber de qué murió exactamente Lily, pero nos encontramos de nuevo con el tema de las torturas infligidas a la niña, tanto pre mortem como post mortem. Que Fiona quisiese castigar a su marido por su infidelidad y por dejarla aquí, sola, en la montaña, y que llegase al punto de matar a su hija... bueno, es improbable pero posible. ¿Someterla a terribles torturas? *Je dis non.* Lo mismo sucede con John Rider, que no tenía razón alguna para matarla. Vivía una vida feliz: su familia aquí y sus juergas con su amante en Leeds. No. Él no necesitaba hacer daño a Lily. De hecho, ni siquiera le importó que su hija descubriese que había otra mujer en su vida. Era algo de dominio público. Incluso llegó al extremo de prohibir a su esposa tener un coche para limitar sus movimientos y que no fuese demasiado a menudo a Harrogate, todavía menos a Leeds, donde podía coincidir con su querida. Una parte de mí siente pena por John Rider y el cáncer que lo devora. Pero otra... en fin... a veces Dios escribe recto con renglones torcidos.

« Eliminados los O'Connor y los Rider, al menos de forma provisional, nos quedan los Knowles. Una extraña pareja. Intentemos comprender mejor a este curioso binomio de ladrones y estafadores profesionales.

Bedelia está sentada con Raymond, un poco alejados del resto, en un sofá de dos plazas. Sus exquisitos modales desaparecieron como por arte de magia cuando oyó la frase "pareja de ladrones y estafadores profesionales". Y más que hablar escupió las palabras:

— Usted se cree muy listo pero no es más que un extranjero estirado y pedante.

— *Oui, madame* Knowles. Estoy dispuesto a aceptar que soy un extranjero estirado y pedante si usted reconoce que es una ladrona y una estafadora profesional.

La falsa institutriz compone un gesto de desprecio. No dice nada más. Polrot prosigue:

— *La pauvre Lily* la conocía bien, *madame*. Esto dejó dicho de usted:

La dama boba es una ladrona. Pero a nadie parece importarle. La dama boba engaña al hombre del sombrero. No es tan boba como parece.

— Solo era una cría entrometida. No sabía nada de mí.

— *Au contraire*. Sabía más de psicología que muchos investigadores que he conocido. Era capaz de, en pocas líneas, expresar cosas realmente complejas. ¿Por qué dice que usted es una ladrona?

— Lo ignoro por completo.

— ¿Por qué dice que a nadie parece importarle?

— ¡Todo el mundo sabe que esa niña se inventaba cosas! —estalla Bedelia—. Todo lo exageraba. Todo lo desfiguraba para atormentarnos. Usted no la conocía. Esa niña era un demonio.

Era evidente que, cuando la interrogamos, había mentido cuando nos habló de lo que pensaba de la pequeña. Bueno, en Bedelia todo es mentira, desde su aspecto, a su acento o su forma de ser. Polrot se da cuenta de que sus sospechas sobre ella eran fundadas. Sus cejas se alzan y sus ojos miran fijamente a la estafadora:

— No. Lily era una buena niña rodeada de demonios. Al principio me creí la descripción que los vecinos me repetían acerca de una niña malvada que busca enfrentar a los vecinos solo por divertimento. Pero es que Lily podía ver a los demonios que habitaban Styles Mansions. Ella era capaz de intuir el rostro detrás de cada máscara. Incluso en cosas pequeñas, como el accidente de Nathaniel Weaver en el que rompió el retrovisor de unos amigos de los Rider. Lily dijo que el Coronel lo hizo a propósito, que siempre miraba a la señora Rider y buscaba excusas para pasar por allí porque le gustaba Fiona. ¿Era esto falso? ¿Es tan difícil imaginar que un hombre solo, avergonzado por la sexualidad de su hija y la pérdida de su posición social y sus amistades, no soñase con tener una aventura? Creo que Lily fue capaz de intuirlo en su mirada. Como curiosidad les diré que el Coronel, cuando hablamos de los Rider, se le olvidó comentarme que Fiona maltrataba a su hija. Yo creo que sentía mucho aprecio por ella y no quiso hablar mal de la difunta.

« Pero continuemos con las "malas" acciones de Lily. Como el caso del perro de *madame* Darnes que defecaba delante de la casa de los Weaver. La niña exageró este hecho, llevando las heces hasta la ventana. ¿Pero porqué Miranda Darnes dejaba que el can defecase delante de aquella casa en particular? ¿No se les ocurre la razón? Para que Bedelia recogiese las heces. Porque sabía que sería la criada, la falsa institutriz, la encargada de hacerlo. Una victoria infantil de una mujer que la desprecia. Todas lo hacen, *madame* Knowles, todas las mujeres la odian en esta urbanización. Y ello nos lleva a su esposo, al que Lily llamaba el hombre del sombrero a causa de un sombrero de paja de ala ancha, ese que se pone en verano mientras trabaja haciendo pequeños arreglos en las viviendas o las calles aledañas.

Polrot camina hacia Raymond, que ni siquiera levanta la vista.

— *Monsieur* Knowles es un delincuente de poca monta. Deudas de juego, pequeños robos, una breve estancia en prisión... poca cosa. Pero he investigado: también tiene fama de aprovecharse de mujeres maduras, seducirlas y robarles sus ahorros. La mayoría, abochornadas, ni siquiera le denunciaron. Su ficha policial era extensa ya en 1921, antes de llegar aquí, a pesar de ser aún muy joven. No me ha costado mucho conseguir, a través de amigos en la propia policía, información sobre sus fechorías. Hace unos 5 años su esposa, Bedelia, llegó a esta urbanización seguramente con referencias falsas. Los Knowles habían decidido abandonar las grandes ciudades de los contornos, donde eran ya demasiado conocidos, para buscar otras fuentes de ingreso. Bedelia llegó solo como asistente por horas, ya que Effie O'Connor siempre ha sido una mujer poco dada a las tareas de casa y la limpieza. No es una mujer hogareña, por eso echa de menos su vida anterior y sus amistades en Irlanda. Pero al poco tiempo, Bedelia fue contratada a tiempo completo como institutriz de Marcia. ¿Para qué necesitaba aquella niña una institutriz sin estudios, proveniente de los bajos fondos de Manchester? Creo que Bedelia descubrió las visitas secretas de fugitivos de la justicia al estudio del señor O'Connor. Y pidió como pago aquel puesto. Así quedó plantada la semilla de la ruina de todas las familias de este lugar. Porque entonces avisó a su marido, Raymond. Le dijo que tenía que venir para ayudarla a sacar beneficio de las debilidades de los habitantes de Styles Mansions. Y es que en esta relación es la mujer quien lleva la voz cantante. No es ella la que intenta seducir a los maridos y luego amenazar con contarlo todo. Bedelia sabe que no es muy agraciada. No, ella busca mujeres insatisfechas y luego llama a su marido para que "las satisfaga". Esta urbanización resultó ser una mina de oro. Raymond ha tenido relación con Miranda Darnes, con Margaret Weaver y no me extrañaría nada descubrir que la tuvo en su día con Fiona Rider. No le contó a nadie, por supuesto, que Bedelia era su esposa. Al menos mientras les quedó dinero a sus vecinos. Cuando se marchó el primer vigilante vieron su oportunidad y consiguieron el puesto, tal vez las señoras tuvieron mucho que ver con ello. Y en adelante todo fue muy sencillo, porque Fiona odiaba este lugar, Miranda cuidaba de un marido enfermo y Margaret soñaba con volver a una gran ciudad. Aquellas mujeres descontentas con su vida le darían, en los años siguientes, joyas, bonos y miles de libras, todo cuanto pudieron conseguir. Por eso Raymond sigue en Styles Mansions aunque sus vecinos ya no pueden pagarle un sueldo, porque saca mucho más con las extorsiones. Y si han revelado a todos que son pareja es porque ya han arruinado a todas las familias y están planeando marcharse a otro lugar. Allí proseguirán con sus fraudes, chantajes o extorsiones.

« Cuando llegué aquí me llamó la atención que en Styles Mansions todo esté cayéndose: jardines abandonados, reparaciones superfluas hechas de forma apresurada, vallas rotas, tejados con goteras, viviendas que se han ido deteriorando porque todo el dinero de las familias se lo han ido quedando los Knowles. Eso es lo que descubrió Lily, por eso llamaba a Bedelia ladrona. Sabía que ella era la que llevaba los pantalones, que engañaba a su pareja y lo manipulaba para prostituirse (aunque no sé si Lily entendía del todo lo que implicaba aquella situación). En resumen, sea como fuere, Bedelia se hacía pasar por boba, buena, servicial... pero no lo era en absoluto.

Polrot se acercó un poco más, hasta que sus zapatos brillantes casi tocaron las botas de trabajo del vigilante.

— De usted, *monsieur* Knowles, la niña escribió:

El hombre del sombrero es débil. Es como yo. Está solo en medio de la gente. Pero tiene demasiado miedo. No puedo fiarme.

— No soy débil —dijo Raymond, cerrando los puños.

— *Oh, mon ami.* Lily no se refería a debilidad física. Ella vio que Bedelia le tiene dominado, que le obliga a hacer cosas que odia. *Oui, c'est ça, exactement.* Si fuese al revés lo llamaríamos a usted un proxeneta y Bedelia sería una pobre víctima. Una vez más, creo que el Coronel Weaver se equivocaba a la hora de juzgar a este mundo en el que vivimos. Nuestra civilización avanza hacia la liberación de la mujer. Los viejos roles han ido cambiando y ahora todo es posible. Muchas cosas necesitarán de tiempo, pero yo creo que Claudia Weaver podría, a pesar de que su género fuese incomprendido en esta época, haber vivido una existencia casi normal. Al fin y al cabo llevaba años en este lugar y nadie había reparado en su condición. De haberse instalado en un pueblo de los alrededores, muchos no se habrían dado cuenta tampoco de que había nacido con el nombre de Claudio; otros, más avispados y paradójicamente más idiotas, la habrían criticado. Tal vez los idiotas habrían sido mayoría. Pero, ¿a quién le importa lo que piensen los idiotas?

El detective se rascó la cabeza, como si sus las células grises pugnaran por salir a la superficie.

— Volviendo al tema que nos ocupa, los Knowles, una vez más aparece el mismo problema de siempre. Lily no era una amenaza real. Si la pobre niña hubiese aparecido explicando a todo el mundo que la dama boba era una ladrona, no le habrían hecho mucho caso. Los padres de familia estaban demasiado enfrascados en sus propios asuntos: John Rider en su vida alternativa con su amante, Shaun O'Connor en sus actividades ilícitas, Nathaniel Weaver huyendo del mundo, lamentándose por tener una hija como la suya y pensando en si debía o no pegarse un tiro. Las esposas, por su parte, ya sabían por entonces que Bedelia era una estafadora. Al fin y al cabo ellas se acostaban con su prometido, el hombre del sombrero según Lily, y pagaban religiosamente por "sus servicios" y para que no se supiesen sus indiscreciones. Y sobre el tema del adulterio, mucho me temo que el que no lo sabía lo sospechaba. Aquí todo el mundo está solo y busca consuelo. ¿Quién no lo haría en un lugar como Styles Mansions?

« Lo he dicho desde el principio de la investigación. Lily no era una verdadera amenaza para nadie. Ella murió por otra razón.

El detective comienza a caminar, abandonando el centro del salón. Le veo acercarse hasta donde yo me hallo, junto a la ventana, en el sofá que fue de Roger y ahora es solo mío.

— Para saber las motivaciones del asesino creo que es hora de que hablemos de la única persona en esta sala que sabe del tema, la única de la que podemos afirmar con seguridad que ha matado a sangre fría a una persona. Hablo, por supuesto, de *madame* Miranda Darnes.

CAPÍTULO 25:

La verdad sobre Miranda y Marcia

Todos me miran. No soporto aquellos ojos que se clavan en mí. En ese momento odio a Polrot casi tanto como me odio a mí misma. Y pensar que estaba convencida de que el detective era un enviado de Dios para ayudarme en mi misión.

— Yo no he matado a nadie —me defiendo—. Sus acusaciones son absurdas.

La voz de Polrot está teñida de desprecio cuando dice:

— Usted no había matado a nadie hasta hoy, *madame*. Eso se lo concedo. Pero hoy ha dado muerte a Jacob.

— Yo no maté a mi hijo. Fue un terrible accidente.

— *Faux*. ¡Mentira y mil veces mentira! Usted lo dejó conducir su coche para que perdiera el control y se hundiera en el lago. La puerta del conductor está encallada y es casi imposible de abrir. Me di cuenta cuando volvimos desde Bilton. Lo llevó como una res al matadero y luego vio cómo se moría sin mover un dedo.

— Fue un accidente —insisto, mientras saco la cadena de mi cuello y beso la efigie de Nuestra Señora—. Cuando un padre mata a un hijo por accidente no va al infierno. El vicario me lo dijo. Iré al Purgatorio y allí penaré el tiempo que los ángeles dispongan. Pero al final iré al Paraíso.

— Ese hombre no es ya un vicario y usted es una asesina. Los tribunales la considerarán culpable. Y no creo que los tribunales de allí arriba sean más benévolos.

— Se equivoca y no me hará cambiar de opinión. Yo no lo maté. Jacob podía haber girado el volante a tiempo, podría haber frenado a tiempo, podría haber abierto la puerta. Pero el Señor dispuso...

— El Señor no dispuso nada. No meta a Dios en esto.

Niego con la cabeza.

— Yo no maté a mi hijo.

— Ah, su hijo. He aquí otra falsedad, otra media verdad, otra mentira por omisión de las que es usted tan experta. Porque Jacob no es su hijo. Lo adoptó legalmente pero no es suyo.

Polrot saca un papel de su bolsillo.

— Hace unas horas llegó esto por correo. El registro de Harrogate me ha aportado muchas pistas vitales en este caso, aunque tardé un poco en encajar las piezas. Desde el inicio me fijé en la forma en que trataba a sus hijos. A Theo con cariño, a Jacob con indiferencia, incluso con displicencia. Sospeché que Jacob tenía algo que ver con los crímenes y esa era la causa de su actitud. Pero se me ocurrió después que podía haber otra explicación. Y pedí su partida de nacimiento. Como Jacob no había nacido aquí sino en Londres tuve que pedirla por correo urgente. Y mover algunos hilos para que llegase lo antes posible. Como he dicho, hace poco que está en mis manos. Y he descubierto que el muchacho se llamaba Jacob Darnes-Grey y es hijo de Roger Darnes y Natalia Grey, la primera esposa de Roger. Llegó aquí, a Styles Mansions, siendo un niño pequeño. Y la pobre Miranda Darnes tuvo que cargar con un marido demente y con el hijo de otra relación.

— Da igual quién fuese su madre. Natalia murió al dar a luz. Así que yo lo crie como a un hijo.

— Como a un hijo. Pero nunca fue su hijo. Y todavía menos cuando comenzó a mostrar rasgos inequívocos de la demencia de su esposo. Había tenido que cuidar de un marido abusador y enfermo durante una década y ahora aparecía un joven con los mismos síntomas. ¡Qué terrible carga! La pesadilla regresaba.

— Si piensa que lo maté por eso se equivoca. Lo hice porque Jacob es el culpable de las muertes de Lily y de Claudia. Tenía que pararlo.

Polrot sonríe. Una genuina sonrisa de victoria.

— Acaba de reconocer que lo mató. ¿No se ha dado cuenta?

Aquella afirmación me rompe el alma. ¿Voy a ir al Infierno, después de todo? No, no es posible. Planifiqué el accidente con cuidado para que fuese eso, un accidente. ¿Fue realmente un asesinato? ¡No! ¡No lo fue! ¡Necesito ir al Purgatorio! ¡No merezco el Infierno después de todo lo que he pasado! Pierdo el control y me echó a llorar, a sollozar. Tiemblo de pies a cabeza. Seguro que el Infierno es toda una eternidad cuidando de Roger, de ese cerdo que me llamaba idiota y me trataba como si fuese basura. No quiero. No podré soportarlo.

— Mientras *madame* Darnes se recobra, voy a explicar algo esencial para comprender el misterio de las muertes de Lily y de Claudia —dice Polrot—. Hablo de la personalidad de nuestra anfitriona. La psicología es la clave de este caso, de todos los casos. Miranda Darnes ha sido cuidadora de una persona enferma durante mucho tiempo, una década de humillaciones, de insultos, de abusos. Cuando se llevaron a su marido al psiquiátrico pudo al fin respirar tranquila. La tortura había terminado. Pero a los pocos meses, cuando Roger Darnes agonizaba en el hospital, aquella tortura recomenzó.

— Cuando desapareció Lily — interviene el inspector jefe McTavish.

— Casi. Pero no, inspector jefe. Examinemos de nuevo la psicología de *madame* Darnes. Aunque, para hacerlo, voy a hablarles de un caso real que tuvo lugar no muy lejos de aquí, más al norte, en Newcastle. Cuando llegué hace unos años a su país me interesé por los crímenes locales más famosos, un poco para entender el tipo de asuntos que debería resolver y la idiosincrasia de su pueblo. *Idiosyncrasie* en francés. ¿Lo he dicho bien? Perfecto. Hablaba de los crímenes más famosos de Inglaterra. Y uno de los casos que más me interesaron fueron los asesinatos de Mary y Norma Bell.

McTavish sin duda conoce el caso, porque abre mucho los ojos, sorprendido. Dejo de sollozar y descubro que está mirando a Marcia O'Connor y a mi hijo, a Theo, sentado en una silla junto a ella. No me ha dado cuenta hasta ahora que los dos niños están cogidos de la mano.

— Viajemos al pasado. A 1872 —nos explica Polrot—. Mary Bell tenía diez años y Norma Bell trece. No eran hermanas sino amigas, dos niñas del mismo vecindario que descubrieron que compartían apellidos. Pero descubrieron algo más, que ambas eran unas asesinas. Raptaron a un niño de dos años y Mary lo estranguló. Luego cometieron todo tipo de aberraciones con el cuerpo del pequeño. Pero esos detalles carecen de importancia en este momento. Lo que sí la tiene es lo siguiente: las niñas confesaron su crimen pero nadie las creyó. El crimen, por su naturaleza enfermiza, debía haber sido cometido necesariamente por un adulto, pensaron las autoridades.

« Desde el principio de esta reunión he explicado que Lily Rider no había descubierto nada que justificase el asesinato por parte de ninguno de los sospechosos, de los sospechosos que habíamos contemplado hasta ahora, claro... los sospechosos adultos. Incluso para Jacob a sus trece años. No, ni siquiera Jacob tenía una verdadera razón para atacar a su vecina. De hecho, él no fue quien la mató.

Polrot mira en derredor hacia una audiencia aturdida por aquella inesperada afirmación.

— Pero volvamos al caso de esas dos niñas, dos amigas, de Newcastle, que a mediados del siglo pasado confiesan un crimen y nadie las cree. Incluso entran en un ambulatorio, rompen el mobiliario y escriben en las paredes que ellas son las asesinas. ¿Las detienen? No. Solo son unas niñas tontas, estúpidas, entregadas a una travesura que se les ha ido de las manos. Pero lo cierto es que las Bell están enloquecidas, han caído en una espiral criminal y de demencia. Y pese a todo, por increíble que parezca, nadie repara en ellas. No las detendrán hasta que rapten a otro niño pequeño, le sometan a terribles torturas, le graben con unas tijeras la inicial de sus nombres en su cuerpecito y finalmente le den muerte.

« Todo esto lo explico para que entiendan lo difícil que es aceptar que un niño de diez u once años pueda ser un psicópata. A menudo puede matar con impunidad porque ni familiares ni policías reparan en ellos. Los ven jugando con sus coches o sus pelotas y tanto sus padres como los agentes del orden ven reflejada su propia, ingenua y feliz infancia.

Héracles Amadeus Polrot se aleja de las sillas, sofás y butacas que compartimos hasta colocarse en el centro del salón. Como un gran actor en el clímax de su obra, abre los brazos y proclama:

— Y ahora ya tienen toda la información necesaria para comprender los crímenes de Styles Mansions. Voy, pues, a explicarles lo que sucedió.

« Una niña llamada Lily Rider vive en una urbanización apartada. Es infeliz porque su madre la maltrata y su padre vive su propia vida, lejos de casa. Para colmo de males, a pesar de que hay otros tres niños en el lugar, no tiene amigos. Pero no porque la niña sea rara o malvada, como nos han hecho creer, sino porque los niños de la urbanización le dan miedo. Particularmente dos: Theo y Jacob Darnes.

« Lily se entretiene descubriendo los pequeños secretos de sus vecinos. Insignificancias en su mayoría, aunque cuando descubre cosas importantes nadie la cree. Sucederá, qué ironía, como con su asesino más tarde: nadie hace caso a una niña pequeña. Entonces comienza a apuntar lo que descubre en un libro, al que de momento llamaremos Diario, que le regaló su papá. Habla de sus nueve vecinos adultos en esas páginas. Solo me falta leeros la última hoja de ese libro, la que habla de Miranda Darnes. Dice lo siguiente: *¿Sabe ella lo de los animales? Me mira extraño, como si lo supiese y no quisiese hablar conmigo de ello. Yo creo que no quiere saberlo. Ella podría ser mi amiga. Pero no lo es.*

Polrot levanta el mentón, pero sin mirar a nadie. Contempla las montañas en la lejanía a través del ventanal.

— Me llamó la atención el que esta página estuviera repetida dos veces. Duplicada. Lo achaqué a un error de Lily. Y lo hice porque estaba aterrado por el contenido de otras dos páginas en las que Lily hablaba de cómo torturaba a animales. No me sacaba aquello de la cabeza. Porque Lily parecía más una asesina que una víctima. La tortura de seres inocentes, la falta de empatía en la infancia, es signo de psicopatía. Eso me lo confirmaron en el mismo hospital psiquiátrico donde internaron a Roger Darnes. Así pues, ¿Lily era una psicópata o una víctima? ¿Podía ser ambas cosas? Mi mente no terminaba de solucionar este enigma hasta que Marcia O'Connor me insistió en que no debía llamar al libro de Lily "diario" sino "libro de poemas". Eso era lo que su padre le había comprado. Los Diarios suelen ser libros más grandes, de tapa dura, donde uno explica día a día sus vivencias. Por supuesto, Marcia tenía razón, pero yo le había llamado diario porque en algunas de sus páginas Lily hablaba de sí misma, de cómo torturaba animales. De hecho, en la página en la que habla de Miranda Darnes, la página duplicada, se preguntaba si ella la habría descubierto, si sabría que torturaba animales. Pero Marcia volvió a insistir en el asunto, un poco para desacreditarme, para que todos viesen que yo era tan tonto que no sabía diferenciar un libro de poemas de un Diario. No pretendía darme una pista para resolver el caso, por supuesto. Si hubiese sabido que su insistencia me daría la pista decisiva para encontrar a los culpables nunca lo habría hecho, *évidemment*. Porque Marcia está implicada en la muerte de Lily.

— ¿Cómo? ¿Qué demonios dice? —Effie O'Connor da un brinco desde mi sofá, como si la impulsase un resorte secreto—. Le exijo que retire inmediatamente esa acusación o yo misma se lo haré pagar, maldito mentiroso extranjero.

Por primera vez todos pueden ver algo que yo sé hace tiempo, que la dulce esposa del vicario es una persona con mucha ira en su interior.

— ¡Cállese, señora! —le exige McTavish—. Y compórtese como una dama.

— Me comportaré como quiera. Ese hombre horrible ha insinuado que mi hija...

— Le digo que se comporte. A menos que quiera que me la lleve ahora mismo a comisaría a responder sobre el asunto del zulo en el estudio de su esposo.

Effie se sienta. No quiere dejar solos ni a Marcia ni a Shaun. Obedece. Sus ojos centellean.

— *Merci,* inspector jefe —dice Polrot—. ¿Por dónde iba? Ah, el libro de poemas no era un diario. Porque para que algo sea un diario uno debe hablar de sí mismo. Ese fue mi error, pensar que Lily hablaba en aquellas páginas de actos en los que ella había estado implicada. *Mais non, mes amis.* Marcia me repitió varias veces que Lily hablaba de las cosas malas que pasaban aquí, en esta urbanización. Y por ello había una hoja por cada adulto de Styles Mansions y tres hojas más, una de ellas la que parecía una repetición de la página que hablaba de Miranda Darnes y dos que hablaban de torturas a animales. Esas tres páginas se referían a los últimos tres habitantes de este infame lugar: Marcia, Jacob y Theo. Era todo así de simple: una página por cada persona que vive en esta urbanización.

«Una vez me di cuenta de ello todas las piezas del puzzle encajaron. En primer lugar, ¿Por qué Lily tenía miedo de los otros niños? Porque llevaban tiempo secuestrando y torturando animales, como los gatos de los Weaver y el conejo de su amiga Marcia, que estoy convencido que ella misma llevó al sótano donde tenían lugar aquellos "experimentos". Luego lloró a vista de todos, claro, para que pareciese que no sabía dónde estaba su mascota. Mientras tanto, en el sótano, se seguían torturando ardillas y toda suerte de animales de la cercana montaña de Hill Moor.

Polrot se aclara la garganta y dice:

— Sobre Jacob escribió: *Animales muertos, sin ojos... Huelen mal. Los animales chillan. La risa es de miedo.*

«Sobre Theo, escribió: *Animales muertos. Cuando se les corta el cuello mueren lentamente. Mueven sus patitas mucho rato. El cuchillo se mueve muy rápido y la vida se acaba.*

— ¿Y qué escribió sobre mi hija? —pregunta Effie O'Connor, más preocupada por Marcia que por los problemas que ella tendrá con la ley en los próximos días.

— Ah, *bonne question, madame.* Una pregunta excelente. Si recuerda, he comentado antes que había una página duplicada. Lily no cometió un error. Era una chica demasiado lista. Sucedió que tenía la misma duda sobre dos personas de esta urbanización, tanto sobre Miranda Darnes como sobre la pequeña Marcia, se preguntaba: *¿Sabe ella lo de los animales? Me mira extraño, como si lo supiese y no quisiese hablar conmigo de ello. Yo creo que no quiere saberlo. Ella podría ser mi amiga. Pero no lo es.*

« Porque Lily quería tener amigos, como todo el mundo. Y deseaba ser amiga de Miranda Darnes, que pensaba que no era mala persona y de la que no había encontrado ningún secreto aparte de una nadería: su costumbre de permitir que su perro hiciese sus deposiciones delante de casa de los O'Connor. También deseaba ser amiga de Marcia O'Connor, una niña de su misma edad. Le frenaba, claro, la amistad de Marcia con los hermanos Darnes. De hecho, le contó a Marcia lo de su libro de poemas y otras pequeñas confidencias que no compartió con nadie. Y fue así como la convencieron para salir de casa el día que la mataron. Marcia fue a casa de los Rider y la atrajo, la invitó a acompañarla con cualquier excusa. Lily cruzó la calle y allí la atraparon sus asesinos. En cuestión de segundos, Lily fue arrastrada al sótano, donde se la torturó y se la dio muerte. Antes he comprobado que el sótano está completamente insonorizado. Nadie pudo oír a la pobre niña, ni siquiera Miranda, que declaró que estaba haciendo la siesta a la hora de la desaparición.

« Se preguntarán por qué la mataron. Desde el principio de este caso me ha asaltado la misma duda: ¿por qué alguien secuestraría a la pequeña? No había una razón real. A nadie le importaba lo que Lily supiera o dejara de saber. Era una paria en Styles Mansions. No le importaba a nadie. Ni siquiera a sus padres. La mataron, *mes amis,* porque les dio la gana. Luego de acabar con gatos, ardillas, conejos y otros animalillos del bosque, decidieron buscar una presa mayor. Y se les ocurrió que nadie echaría de menos a aquella niña a la que todos detestaban. Como las Bell, nuestros niños asesinos habían entrado en una espiral de violencia y estaban fuera de control.

Aquella afirmación, aunque esperada a aquellas alturas de su monólogo, deja helado a todo el mundo. Pero sigo en silencio, sopesando los pros y los contras de intervenir para enfrentarme al detective. La que sí reacciona, una vez más, es Effie. Y es que para una madre, lo primero, lo primordial, es su descendencia.

— No creo que pueda probar que Marcia esté implicada en nada de lo que dice. Todo son hipótesis —espeta, mirando con desprecio a Polrot.

— Los huesos de Lily no son hipótesis, *madame*. El cadáver de Claudia tampoco es una hipótesis. El que Miranda Darnes limpiara y frotara el sótano para dejarlo limpio de manchas y de huellas tampoco lo es.

— Pero eso nada tiene que ver con mi hija.

Effie vuelve la vista hacia Marcia. La niña y Theo siguen cogidos de la mano. Todos los miramos. Su madre se da cuenta y golpea el hombro de la pequeña.

— Suelta a ese demente.

Marcia levanta la vista hacia su madre. Lentamente, de una forma tan premeditada que casi da miedo.

— No llames demente a mi amigo. Él no es como Jacob. Él es todo para mí y...

— Tranquila, Marcy —dice entonces Theo. Su voz es fría, distante; su tono melifluo, de una suavidad y cortesía fuera de lugar—. Tengo ganas de escuchar el resto de la historia que quiere contarnos el señor Polrot. Es un hombre muy inteligente. Me lo estoy pasando muy bien. ¿Podría proseguir, por favor?

CAPÍTULO 26:

La verdad sobre Theo

Polrot se acerca a la chimenea. Remueve la ceniza con el atizador. Sonríe y asiente. "Sabe también lo de la chimenea", pienso, apesadumbrada. Ese maldito lo sabe todo. Nunca he podido engañarle. Realmente es como el detective de las novelas de Agatha.

— Los genes son algo muy complejo —dice entonces Héracles—. Una mezcla de posibilidades que nunca sabemos cómo acabará. Jacob Darnes heredó la enfermedad de su padre y Theo su maldad. La administradora del Swan Hospital de Bilton me dijo que Roger Darnes no solo era una persona enferma. Hay enfermos mentales que son muy buenas personas. Es más, la mayoría lo son. Sus problemas son terribles y tratan de luchar contra una fuerza pavorosa que, desde el interior, trata de derrotarlos. *Ils sont très courageux.* Tienen toda mi admiración. Pero a menudo los estigmatizamos sin razón. Yo escuché una voz enloquecida gritar en la noche "Maldita idiota, ¿qué vas a hacer?" y, tan pronto como comprendí que Jacob era quien decía aquellas palabras, pasó a ser, aunque brevemente, mi principal sospechoso. Es fácil pensar que el loco es el culpable. Pero no fue así.

« Quien mató a Lily Rider fue el pequeño Theo. Es más, estoy convencido que Jacob se lo confesó a su madre hace ya dos años. El pobre Jacob era un niño enfermo, influenciable, algo infantil, dominado por un hermano pequeño profundamente malvado. Una vez muerta Lily, fue hasta su madre y le contó la verdad. Pero como en el caso de las Bell, de las que antes he hablado, Miranda Darnes no le hizo caso. Era una mujer agotada tras años de cuidar a su marido y no quiso ni oír hablar de lo que le contaba su hijo. Estoy seguro de que lo mandó callar y que dejase de inventar estupideces. No iba a permitir que de nuevo una pesadilla entrase en su vida. A eso es a lo que me refería antes. Cuando el mal llamó a su puerta, Miranda estaba agotada. Decidió obviarlo.

Mientras Polrot habla miro fijamente a Nathaniel. Está escuchando atentamente pero la mano derecha la tiene en el bolsillo de su pantalón, donde guarda el arma. Trata de mantenerse tranquilo, controlado. Pero le conozco y sé que está a punto de estallar.

— Y, sencillamente, pasó el tiempo —explica Polrot—. Lily no fue hallada porque la policía, aunque registró las casas de la urbanización, no prestó apenas atención al sótano, al cuarto de juegos de los niños. Lily llevaba poco tiempo muerta y aún no apestaba por la putrefacción. ¿Quién iba a pensar que un cuerpo se hallase entre coches de metal, pelotas, aros y muñecos? Sospecho que el cuerpo se hallaba desmembrado, cortado en partes, conservado acaso en recipientes que eran macabros trofeos. O enterrado bajo el suelo. Ya no importa y, si les soy sincero, prefiero no pensar ni siquiera en todo ello.

«Todo habría acabado aquí de no ser porque Claudia comenzó a investigar. Durante dos años los niños habían dejado de matar. Lo que prueba la maldad y autocontrol de Theo, el líder de aquel trío criminal, acaso dúo criminal. Porque si se tratase de un demente asesino fuera de control los asesinatos habrían proseguido: compañeros de escuela o algún adulto de Styles Mansions. Pero no. Theo contempla el revuelo que se ha armado con la desaparición de Lily y decide que es el momento de aguardar en la sombra. La espiral de torturas de animales y asesinato que había culminado con el rapto de Lily debe detenerse. Con gran esfuerzo, interrumpe su carrera criminal. Theo no es un pobre niño enfermo como Jacob, nos lo acaba de recalcar Marcia. Él es distinto.

Polrot escruta el rostro de mi hijo. No descubre ni una sola emoción. Un escalofrío le recorre el cuerpo.

— Pero sucede *quelque chose d'inattendu...* algo inesperado, como dicen ustedes. Ya lo he explicado, Claudia lo desbarata todo cuando mete las narices en los asuntos de Theo. ¿Cuándo sucede esto? Recordemos que Claudia sospechaba que Shaun O'Connor era quien secuestró a Lily. ¿Cómo cambia de opinión? Antes he dicho que plantearía una hipótesis. *Et voilà*: creo que Claudia habla con Jacob en la avenida principal. Al fin y al cabo es el único joven de una edad similar a la suya, aunque haya varios años de diferencia. Brevemente, en la calle, le comenta sus sospechas, le dice que va a ir a Harrogate, a la central de Scotland Yard. O algo similar. Es difícil saber de lo que hablaron, sobre todo porque están ambos muertos. Pero el caso es que Jacob se descubre. Una sonrisa de superioridad al oír que la muchacha sospecha por error del señor O'Connor. O sencillamente le cuenta la verdad o algún detalle que lo convierte en sospechoso. Recordemos que Jacob ya se lo contó todo a su madre y fue ignorado. Sea como fuere, a las pocas horas, como me contó el Coronel Weaver, su hija ha cambiado sus planes y quiere ir un poco más allá de Harrogate, hasta Bilton, al hospital psiquiátrico donde estuvo internado Roger Darnes, el padre de Jacob. Porque ahora sus sospechas se centran en el muchacho.

El detective hace una pausa. Se relame unos labios resecos. Lleva ya un buen rato hablando y tiene la boca pastosa. Sin dejar de caminar a pequeños pasos rodea el sofá donde se sienta el Coronel, que está rojo de ira, a punto de estallar. Margaret, a su lado, llora sin cesar. Pero Nathaniel no la consuela. Su mano sigue en el bolsillo del pantalón, aferrando ya la culata del arma.

— Jacob era un imbécil —suelta de pronto Marcia—. Tendrías que haberlo ma...

— Psst. Silencio, Marcy —la interrumpe Theo—. ¿No te han enseñado a estar callada cuando hablan los mayores?

Todos hemos completado la frase de Marcia en nuestra mente: "Tendrías que haberlo matado". Effie se tapa la cara con las manos. Una lágrima corre por mi mejilla. Polrot sube el tono de su voz:

— El resto, *mes amis,* es bastante simple. Theo no puede permitir que Scotland Yard investigue a su hermano. Bajarán al sótano, encontrarán los huesos de Lily y todo se vendrá abajo. Así que ordena a Marcia atraer a Claudia cuando va camino del autobús. Recordemos que para ir desde casa de los Weaver a la estación hay que pasar delante de la casa de los O'Connor y los Darnes. Entre una y otra la convencen para entrar en el sótano, o la hieren entre ambos y la arrastran al interior. El caso es que Claudia desaparece.

« No sé con exactitud lo que pasó aquella noche, luego del asesinato. Creo que Miranda Darnes por fin abrió los ojos. Marcia no aparecía y sus hijos llevaban horas encerrados en el sótano. Tal vez sospechó algo cuando Claudia no volvió a casa aquella noche; conviene recordar que Jacob le había confesado que secuestraron a Lily dos años antes. Tal vez no sabía nada de la ausencia de su joven vecina y solo fue una casualidad. Bajó las escaleras para decirles que la cena estaba lista, por ejemplo. De cualquier forma, se encuentra con la escena dantesca del cadáver de Claudia casi decapitado. Entonces registra el sótano y da con los huesos de Lily y de otros muchos animales que han ido coleccionando sus hijos. Y decide deshacerse de ellos.

— Fue por Charlie. Lo supe por Charlie, *monsieur* —confieso, mirando en derredor, hacia mis aterrorizados vecinos.

— Su perrito, el bulldog. ¿No es así, *madame* Darnes? Descubrió que estaban hurgando en sus heridas luego de estrangularlo y lanzó un alarido con la puerta del sótano abierta. Ese fue el grito que oyó Bedelia Hopper.

— Así es. No encontraba a Charlie y bajé al sótano a buscarlo. Nunca lo hacía pero aquella noche estaba preocupada por mi pequeño. Jacob se había llevado a mi ángel peludo. Porque se equivoca, *monsieur* Polrot. Insisto una vez más en que se equivoca. El líder del grupo era Jacob. Él cometió todos los asesinatos, todas las torturas. Ni Theo ni Marcia hicieron nada. Le obedecían. Le tenían miedo.

— ¡Sí! —chilla Effie— Eso debió pasar. Eso tiene mucho más sentido que lo que usted está explicando.

Nathaniel tiene dudas. Mira a Theo y a Marcia. No se decide.

— Vayamos al momento en que llego a esta urbanización —interviene Polrot—. Creo que pronto comprenderán por qué estoy tan seguro de mis afirmaciones. *Et bien*, mi primera experiencia en Styles Mansions es el grito de Jacob: "Maldita idiota, ¿qué vas a hacer?". Jacob, tal y como hacía su esposo, le dice con esa frase que sabe que ha obrado mal y le pregunta cómo va a solucionar el problema. "¿Qué vas a hacer, mamá, para limpiar este desaguisado?", eso es lo que significa esa frase.

« Mi llegada a este lugar se produce en un momento clave del drama. *Madame* Darnes acaba de coger a su perrito, recién asesinado en el sótano y no muerto por el cáncer o por la edad. Ha resuelto enterrar al bulldog junto con las pruebas de los crímenes de sus hijos. Está cavando cuando yo aparezco. Comprende de forma inmediata que soy un detective mandado por los Rider. Sus problemas acaban de empeorar. ¿Cómo solucionarlo? Entonces elabora un plan. Por un lado, lo más sencillo, enterrar las pruebas en la tumba del perro. Pero Claudia es una mujer bastante fornida. No en vano nació hombre. En la tumba del perro ha metido los huesos de Lily y de una docena de animales, pero Claudia no le cabe. Tendría que hacer un hoyo inmenso y ella es una mujer pequeña, de metro cincuenta, no demasiado fuerte. Arrastra con grandes dificultades el cadáver de su vecina y lo esconde en la ladera de la montaña. Respecto a los papeles que llevaba Claudia consigo, su investigación sobre el caso Lily Rider, los quema en la chimenea de este salón. No he hallado nada en los rescoldos, por supuesto, han pasado varios días y aquí las noches de diciembre son muy frías. Pero he descubierto un trocito de papel adherido al atizador. Creo que le pasó por alto a *madame* Darnes con el ajetreo de estos días de investigación. El papel está manuscrito. Apostaría a que es la letra de Claudia.

Polrot señala hacia la chimenea, asiente con energía y prosigue:

— Solucionados los problemas más acuciantes, debe hacer frente al problema principal: Héracles Amadeus Polrot. Tiene que engañarlo, usarlo, manipularlo para que encuentre al asesino. Pero, ¿cuál asesino? Aquel que ella quiere que sea, aquel que ella está convencida que es el responsable de todo. El asesino no puede ser Theo, su amado hijo, su único hijo biológico. El asesino debe ser Jacob, porque en el fondo nunca lo ha querido, porque se parece como dos gotas de agua al hombre que la ha insultado y abusado de ella durante años.

«Recapitulemos. Miranda Darnes sabe o quiere saber que Jacob es el asesino y Theo el cómplice, uno es el jefe el otro el acólito, que ha obedecido solo porque sentía terror del loco de su hermano. Y quiere que Polrot demuestre que Theo es inocente, porque ella quiere creer que lo es. Esa es su única preocupación, exculpar a Theo. No solo por razones legales, ya que en el Reino Unido se le puede juzgar como adulto a muchos años de prisión. Quiere que su hijo, su único hijo, sea inocente, alguien influido por el demente de Jacob. No puede aceptar que Theo sea un psicópata. No: él debe ser exculpado a cualquier precio.

El Coronel Weaver tiene los ojos inyectados en sangre. Escucha cada palabra de Polrot como en un sueño, como en una pesadilla de la que no pudiera despertar. Sé que está a punto de actuar y me preparo. Cuando llegue el momento, debo ser rápida. El detective, inmerso en su narración, no se da cuenta que no estoy del todo atenta a lo que dice. Es su gran momento y lo está disfrutando. En el fondo, como todos los hombres, Polrot es un egocéntrico.

— Usted, *madame* Darnes, insistió una y otra vez que yo debía hallar al asesino por mí mismo, que usted no me lo podía decir, que al descubrirle entendería el porqué. Lo que pretendía era que yo probase que Jacob era el culpable y Theo solo su marioneta. A eso se refería con que había inocentes en peligro. Theo, Marcia, incluso usted misma, eran cómplices de un loco peligroso llamado Jacob Darnes. Yo debía probar la culpabilidad de su hijo mayor fuera como fuese para exculpar o minimizar los crímenes del resto. Usted no estaba segura de quién era el verdadero asesino. Pensaba (sabía en su fuero interno) que era Theo pero deseaba que fuese Jacob. Y lo deseaba con tanta intensidad que quiso hacerlo realidad.

« Y me manipuló. Me habló de que los vecinos de Styles Mansions podían morir, que habría más asesinatos. Siguió insistiendo en el tema de los inocentes en peligro y en que todo debía descubrirlo por mí mismo. Siempre, claro está, que descubriese que el asesino era Jacob. Aquello probaría que estaba usted en lo cierto y podría respirar tranquila. Se habría hecho justicia. Su justicia.

« Pero avanzan los días y es evidente que no he caído en sus trampas. Usted nota que no sospecho del todo que sea Jacob, que ni siquiera en el hospital, tras hablar de la enfermedad de su padre, le hablo de su hijo mayor. La idea pasa por mi cabeza pero sigo sin verlo claro. Las piezas no encajan. El asesino es demasiado frío y calculador para ser un enfermo mental que desvaría y grita de madrugada. No, hay algo que no me cuadra. Y es por eso por lo que insisto en rehacer el puzzle desde cero.

« En mi intento de rehacer ese puzzle imaginario hay una pieza que llama mi atención. Uno de esos pequeños detalles que no están donde debieran y que a menudo son la clave para resolver un crimen. Recuerdo que alguien me dijo una mentira ridícula, absurda, en el desván de los O'Connor. Fue Theo, que se inventó algo para desviar mi atención. Me dijo que Claudia fue a Bilton a buscar pruebas contra el vigilante, contra Raymond Knowles. Aquella es la primera vez que sospeché que Theo podía ser el asesino. ¿Por qué me ha mentido? Yo sabía que Claudia quería ir a aquella ciudad para investigar en el sanatorio mental. ¿Por qué iba a decirle a Theo lo contrario? Esa mentira, aunque burda, me muestra que me hallo ante una mente calculadora por más que sea solo un niño, el tipo de persona que hace tiempo sé que es el culpable en este caso.

« Pero Theo no es el único que intenta desviar mi atención. *Madame* Darnes prosigue su cruzada para manipularme o, siendo exactos, para conducir mi investigación a donde a ella le interesa. Cuando ve que la culpabilidad de Jacob no me convence, se saca de la manga otro sospechoso. ¿Cuál? De nuevo el vigilante. ¡Qué casualidad! O quizás no tanto, porque ella escuchó mi conversación en el desván y se dio cuenta que su hijo me había mentido, tratando de implicar a *monsieur* Knowles. Así que esa gran actriz que es Miranda Darnes decide discutir en un tono de voz sospechosamente alto delante de la casa de los O'Connor. "Tú me necesitas", le dice al vigilante. "Me necesitas aunque no lo sepas. Y yo puedo ayudarte. Solo yo puedo ayudarte", añade.

« Oh, qué frases más bien escogidas. Palabras *cryptées*... *comment vous dites en anglais?* Palabras crípticas, enigmáticas, pensadas para que yo crea que *madame* Darnes está hablando de ayudar al vigilante a ocultar sus crímenes. En realidad hablan de esa breve relación que sostuvieron en el pasado y del dominio que Bedelia ejerce sobre su pareja. Pero con eso no le basta a nuestra brava heroína. Y una vez más quiso alejarme de la verdad hablándome de la discusión entre los O'Connor y Claudia. Intentó poner otro sospechoso en mi mente. Pero cada vez que *madame* quería alejarme de Theo más claro tenía yo que era el verdadero asesino.

Nathaniel ya ha decidido actuar. Ya no está airado, nervioso. Se ha relajado porque ha tomado una determinación. Como todo militar experto, espera el momento justo para actuar. De espaldas a él, Polrot sigue desgranando su relato, hinchado como un pavo. En el fondo, me da pena. Tan inteligente y a la vez tan imbécil.

— Usted no sabe nada —le espeto, sacando mi medalla de Nuestra Señora de Walsingham y besándola con devoción—. Jacob era un monstruo. No sabe lo que me decía, cómo me trataba. No sabe que quería hacer daño a Effie O'Connor porque sospechaba que ella estaba atando cabos. No sabe que me golpeó en el coche bajo el agua y que me habría golpeado día y noche, como su padre, antes de que lo internasen en un psiquiátrico. Pero Theo, por el contrario, es dulce, es bueno, es toda mi vida. Él no puede haber matado a nadie. Usted, Polrot, no ha sido padre y no sabe lo que se siente.

— Oh, *madame*. Me confunde una vez más con ese detective de las novelas de Agatha Christie. Yo he sido padre. Dos veces. Un niño, Lucien, y una niña, Marguerite. Y por eso entiendo el significado que le da a esa virgen que pende de su cuello, esa que lleva en la falda a Cristo niño, un infante como Theo, como su pequeño, como su único hijo.

« Cuando, hace unas horas, vio que yo negaba con la cabeza mirando a Jacob, se dio cuenta que había rechazado ya de forma definitiva que él fuese el asesino. Me fijé en su expresión cuando reconstruía la historia de esta urbanización y todos los vecinos aguardaban de pie delante de sus casas. Esa expresión suya, ese gesto decidido a llegar a las últimas consecuencias, me preocupó por un instante. Pero no llegué a imaginar que llegara tan lejos, que actuase a la desesperada. Decidió que la única forma de salvar a Theo era matar a Jacob y declarar que él era el asesino. Porque usted sigue convencida que fue Jacob el culpable. Lo desea con tanta intensidad que nada puede hacer que piense lo contrario.

« Hacía tiempo que había pergeñado ese plan en caso de que no le quedase otra opción, por eso habló con el vicario sobre si un padre que matase a un hijo (o a alguien al que hubiese criado como a un hijo) podría ir al Cielo. Decidió que, siempre que fuese un crimen accidental, tendría la oportunidad de redimirse en el Purgatorio. Incluso quería morir en el propio accidente... porque no puede suicidarse, si lo hace irá al Infierno sin remisión. Ha decidido morir hace tiempo, tanto que hasta le ha revelado a su hijo pequeño que un peligro la acecha y que debe ser fuerte si un día ella falta en este mundo. Fui testigo de cómo le decía estas mismas palabras a su amado Theo.

Polrot deja de hablar para la multitud. Por un momento habla solo para mí:

« Porque seguir viva para usted es un problema. Sabe que la policía la interrogará a fondo. Es consciente que la presionarán y podría decir algo que incriminase a Theo. Porque esa es toda su obsesión, salvar a su hijo, como sea, de la manera que sea. Jacob ya estaba condenado. Su destino era acabar en breve en un psiquiátrico, pero Theo, la sangre de su sangre, debe salvarse. Incluso ahora, no hace más que pensar en la forma de salvar al niño. Como es muy religiosa, debe encontrar una solución que no colisione con sus creencias. Pero créame, *madame* Darnes, no hay solución. Porque yo la interrogaré en persona si es preciso. También el inspector jefe y sus hombres, hora tras hora, sin descanso, hasta que diga la verdad, hasta que caiga en una contradicción que condene a Theo. Y ya sabe que lo condenarán como adulto. La ley británica es implacable. Veinte o treinta años. Eso es lo que merece. Y nadie podrá evitarlo. Tengo pruebas que usted no conoce. Este es el final del camino, señora mía. Debe aceptar su derrota.

Polrot se da la vuelta. Ha terminado su momento de gloria. Avanza hacia McTavish. Ambos hablan en voz baja, sin duda organizando las detenciones de los O'Connor, de los Knowles y también la de Theo y Marcia. Incluso la mía.

Aquel momento de distracción es el que Nathaniel Weaver estaba esperando. Se levanta de su asiento con aire distraído, como si fuese a coger otro puro. Es el momento de la verdad. Estoy preparada para el sacrificio. Así que me santiguo y salto hacia adelante. Alcanzo la silla donde se halla mi hijo antes de que nadie pueda reaccionar.

—Theo, mi amor, escucha. Es importante. No digas nada a la policía, nunca, ni ahora ni en el futuro. Tienen dos cadáveres en nuestra finca y tienen mi confesión de que lo hizo Jacob. No hay nada contra ti ni contra Marcia más que unas palabras en el libro de Lily, unas palabras que hablan de animales muertos y que pueden referirse también a Jacob. Si callas te salvarás e irás con la tía Brenda a Wessex. Eso lo sabe hasta Polrot, quiere que seas estúpido y digas una palabra de más. Pero no debes hacerlo.

Me vuelvo hacia Marcia, sentada en el sofá con sus padres, junto a la silla de Theo. Vuelven a estar cogidos de la mano.

— Marcia. Di esto y solo esto cuando te interroguen: Todo lo hizo Jacob. Vosotros teníais miedo y le mirabais matar. Si te mantienes firme no os podrán acusar de nada.

Effie asiente. También quiere salvar a su hija. La coge del brazo.

— Eso es, Marcia. Así pasó, ¿verdad?

— Sí, así fue —dice la niña.

En ese instante llega el Coronel hasta donde nos hallamos. Me doy la vuelta. Lleva la pistola en la mano. Es una Webley. Irónicamente, fue él quien se la regaló a mi marido al poco de que llegásemos a la urbanización. Un recuerdo de la Gran Guerra.

— Aparta, Miranda —me pide Nathaniel.

No me está mirando a mí sino a Theo. Me he colocado delante de mi hijo para que no tuviese línea de tiro. Trago saliva y comienzo un discurso que he preparado mentalmente:

— Hay algo que quiero contarte, Nathaniel. Tu hija estaba viva cuando la encontré en el sótano —le confieso, aunque es mentira—. Estaba atada. Sangraba y pedía ayuda. Yo misma la rematé.

Es entonces cuando la policía se da cuenta de lo que está pasando.

— ¡Señor O'Connor, suelte esa arma! — la voz atronadora del inspector jefe McTavish resuena en el salón como si fuese un disparo.

Pero no es un disparo. No aún.

— La degollé y luego tiré su cuerpo como si fuese el de un perro, detrás de los matorrales —prosigo.

— *Monsieur, faites attention* —Ahora está hablando Polrot. Su tono de voz y su acento sin inconfundibles—. Esa mujer le está engañando. Quiere morir para purgar sus pecados y para que al interrogarla no inculpe a su hijo.

— Yo... yo... es Theo... yo lo sé... pero... —el Coronel no es capaz de hablar, de componer una frase completa.

Alguien se acerca hasta nosotros.

— Cariño, tira la pistola. Ya ha muerto demasiada gente —La voz de su esposa parece despertar a Nathaniel.

— No, Margaret. Han muerto quienes no debían morir. Y siguen vivos los que deberían haber muerto.

A Nathaniel le tiembla la mano derecha y el cañón de la pistola casi me roza la blusa. Está muy cerca. Es el momento de jugar mi última carta.

— He matado a tu única hija y me estoy riendo en tu cara. Eres un cobarde, Nathaniel. Dispárame y luego mata a Theo si tienes dudas y te queda valor. ¡Vamos!

Por el rabillo del ojo veo a McTavish hacer un gesto al sargento Davis, que estaba haciendo guardia a la entrada del salón. Este echa a correr hacia el Coronel. Polrot también se está moviendo rápidamente y alza su bastón para golpear la mano que empuña el arma. Nathaniel se da cuenta de que tiene solo un instante para decidirse. Y entonces una voz surge de mi interior, es la voz del monstruo, la voz de Roger, que ha ido devorándome como un cáncer durante los años aciagos en que estuve cuidándolo. Es la voz del mal que habita en mi interior y que ahora, por fin, sale a la luz:

— Dime, Nathaniel, maldito idiota, ¿qué vas a hacer?

Un estruendo breve, preciso. La bala atraviesa mi pecho. Es un dolor agudo, punzante, que corta la respiración. Caigo de rodillas. Nathaniel tiene tiempo de disparar a Theo una, dos veces... pero el gatillo hace un sonido hueco, metálico.

— En la pistola solo había una bala —revelo a mi vecino, al hombre que una vez fue mi amigo.

Y caigo sobre el enlosado. Lo último que veo antes de abandonar el mundo de los vivos es cómo sujetan a Nathaniel entre Polrot y el sargento de la policía. Le arrebatan una pistola vacía. El Coronel ni siquiera se resiste. Me gustaría pedirle perdón, pero me hallo en el suelo, boqueando en busca de un poco de aire. En vano.

— Te mereces morir, Miranda —me dice Nathaniel—. Tanto o más que el verdadero asesino.

Entonces noto que la realidad se desvanece, se vuelve borrosa como si una bruma me rodease. Le sigue un último latido de mi corazón, que llevaba muerto desde hacía días y que mi verdugo solo terminó de asesinar.

Y luego, nada.

EPÍLOGO

AGATHA

Una historia real:

Agatha Christie, la famosa autora de novelas de misterio, desapareció el día 3 de diciembre de 1926. A las diez de la noche salió de su casa y no volvió a saberse de ella.

Su vehículo fue hallado en la reserva natural de Newlands Corner. Había manchas de sangre en la tapicería. Ni rastro de Agatha.

El ministro del interior en persona ordenó una búsqueda a nivel nacional y miles de agentes se dedicaron en exclusiva a resolver el misterio.

¿Dónde estaba la famosa creadora de Hércules Poirot?

* * * * *

A muchos kilómetros de distancia de donde había desaparecido Agatha, en el norte, en la falda de la montaña de Hill Moor, se había edificado una urbanización fallida llamada Styles Mansions. Exactamente a las ocho y veinticinco minutos de la mañana, un hombre llamado no Hércules Poirot sino Héracles Amadeus Polrot se hallaba delante de la casa de Miranda Darnes. Estaba amaneciendo. Aún restaban las últimas sombras de aquella larga noche que acababa de vivir. El detective no se apercibió en aquel momento de que una mujer se escondía detrás de un seto y le contemplaba reunirse con un tipo fornido, alto, con cara de hurón y amplio mostacho.

— Ya hemos terminado —dijo el detective al inspector jefe McTavish.

La urbanización entera había sido conducida a dependencias policiales. Unos detenidos, como los Knowles, los O'Connor o Nathaniel Weaver. Theo y Marcia iban a ser interrogados y seguramente pronto puestos a disposición judicial. El resto estaban muertos: Lily, Claudia, Jacob y Miranda Darnes. Una absoluta carnicería de la que solo se había salvado Margaret Weaver. Esta, sin embargo, también se había marchado a Harrogate, a la central de policía, para acompañar a su esposo y buscarle un buen abogado.

Así que en aquel preciso instante solo se hallaban en Styles Mansions el detective y Frederick McTavish. Se acababa de marchar el sargento Davis, conduciendo uno de los vehículos policiales que transportaban a los detenidos. También el forense tras inspeccionar el cuerpo sin vida de Miranda Darnes y hacer el levantamiento del cadáver.

Aunque en realidad no sería exacto decir que se hallaban solos en aquella urbanización maldita, porque, por supuesto, también se encontraba allí la mismísima Agatha Christie, en cuclillas, metida en un hueco entre los arbustos. Pero ellos no podían saberlo.

— El día más largo de mi carrera, señor Polrot. Puede creerlo.

McTavish se desperezó.

— Le creo, inspector jefe. Ni siquiera Polrot tiene que enfrentarse a menudo con un caso como este.

Ambos se quedaron mirando el amanecer. Bañada por la luz, la urbanización no parecía un infierno, un lugar donde se respiraba maldad, como había dicho John Rider. Daba la impresión de ser un paraje idílico. Una muestra de cómo a menudo nos engañan los sentidos.

— *Madame* Darnes ha muerto en vano —dijo entonces Polrot.

McTavish se sobresaltó. Casi se había quedado traspuesto, de pie, mirando las hermosas vistas de la arboleda retorciéndose hacia una cumbre nevada.

— ¿Usted cree, señor Polrot? No será fácil condenar a Theo y a Marcia. De complicidad en las muertes de Lily y Claudia... sin duda. Pero será muy complejo probar que hicieran algo más.

— ¿Recuerda que le dije a *madame* Darnes que tenía pruebas que ella no conocía?

— Sí. Creí que era un farol.

— No lo era. Pensaba usarlas en el interrogatorio. Sabía que al verlas se desmoronaría. Tal vez debí enseñárselo todo en primer lugar. Nos habríamos ahorrado el penoso espectáculo de su muerte y Nathaniel Weaver podría irse a su casa a llorar la muerte de Claudia.

McTavish contempló a Polrot andar hasta el muro que separaba el jardín delantero de los Darnes de la finca de los O'Connor. Había allí apilados unos lienzos. El detective cogió un par de ellos.

— Hace un rato, antes de que comenzase nuestra reunión, di un paseo de 44 minutos y 4 segundos. Una vieja costumbre que me permite limpiar mi mente. Entonces me acordé de una conversación que tuve con los niños. Ya entonces me parecieron una pandilla muy curiosa, poco natural en sus reacciones. Había algo que no me terminaba de gustar, una sensación inclasificable. Así que subí de nuevo al desván de los O'Connor, donde habíamos hablado. Marcia pintaba allí cuadros de flores y manos entrelazadas, paisajes, cosas así. Y recordé también que ella había dicho que los cuadros que pintaba Theo eran "feos y refeos". Cuadros de gatos, de conejos, de ardillas, así los describió el propio niño. ¿Por qué unos cuadros de animales eran tan feos, tan horribles? Mientras estuve en el desván no pude verlos porque estaban ocultos tras los de Marcia, mucho más numerosos. Pero los he rescatado porque los necesitaremos para el caso.

Polrot pasó el primero de los lienzos a McTavish.

— ¡Santo Dios!

— *Mais oui*, inspector jefe. Las dos formas más comunes de descubrir a un psicópata infantil son el hecho de que tortura animales y los cuadros que pinta. En este caso, Theo Darnes es un psicópata de libro.

El inspector jefe contemplaba horrorizado el primer plano de un gato destripado, el rostro contorsionado por el dolor. La parte derecha de la composición la ocupaba un enorme cuchillo de cocina, el mismo que rasgaba su vientre. Pero asiendo el cuchillo, casi en sombras, podía distinguirse a un niño que sonreía mientras realizaba tan infame cometido. Era Theo y no Jacob.

— Un pintor dotado —añadió Polrot—. Tiene una indudable calidad como acuarelista a pesar de tener solo once años. Bueno, en realidad casi doce.

Y entregó el segundo cuadro a McTavish. Esta vez Theo decapitaba a una ardilla con un corte preciso, similar al que usaría más tarde para acabar con la vida de Claudia Weaver. En aquel nuevo lienzo podía verse a Marcia O'Connor en segundo plano, tras la mesa del sótano de los Darnes, riendo a carcajadas mientras Theo completaba el tajo mortal. Tras ella, Jacob, encogido, muerto de miedo, contemplaba la escena. Parecía estar temblando.

— No me lo puedo creer —dijo McTavish.

— Y hay algunos mucho peores, inspector jefe. Incluso uno del asesinato de Lily Rider. En ese cuadro Jacob ni siquiera está presente. Solo Marcia y Theo. Yo creo que el mayor de los Darnes llegó más tarde y les descubrió troceando a la pequeña. Por eso se lo contó a su madre. Era un muchacho enfermo, tal vez incluso violento pero no un asesino. Debía estar aterrorizado. Seguramente estos sucesos empeoraron su dolencia.

— Pero ella no hizo caso a la confesión de Jacob y los crímenes prosiguieron.

— Theo nunca habría parado.

McTavish asintió. Echó un último vistazo al cuadro y se lo devolvió a Polrot.

— Me extraña que ese pequeño monstruo, siendo tan cuidadoso en muchos aspectos de sus crímenes, cometiese el error de dejar estas pruebas incriminatorias.

— *Mais non, non, non, non* —Polrot movió las manos a derecha y a izquierda, con vehemencia, en claro desacuerdo—. Estos crímenes, inspector jefe, han sido burdos, zafios, muy mal planificados y peor ejecutados. Hablamos de niños que actuaban como niños, a impulsos. Piense que mataron a Lily a pocos metros de su casa, mientras *madame* Darnes dormía. La cortaron en pedazos y la dejaron en el sótano, un lugar que al poco tiempo debió sin duda apestar de forma inconcebible. Respecto a Claudia, acabaron con ella con la madre también en casa, asumiendo riesgos que un adulto habría evitado. Además, mataron al perro de la familia cuando aún no habían terminado de trocear a su segunda víctima. Porque, aunque *madame* Darnes declaró que al bulldog se lo llevó Jacob, ambos sabemos que fue Theo, que llevaba tiempo controlándose con gran esfuerzo. Tras matar a Claudia, cayó en esa misma espiral de violencia que describí hablando del caso de las niñas Bell.

« Y por la misma causa pintó esos cuadros que le comprometían. Le apetecía pintarlos y lo hizo, sin pensar en las consecuencias. Theo es un crío y nada más. Un monstruo pero también un niño. ¿Comprende? Solo le salvó hasta ahora el que nadie desconfiaría de un niño en un caso como este. Dejando de lado ese hecho, es uno de los criminales más torpes con los que me he cruzado. Teniendo en cuenta su edad no podía ser de otra manera.

McTavish reflexionó sobre las palabras del detective. Finalmente asintió.

— Creo que tiene razón. En cualquier caso, una historia terrible que, por suerte, ha llegado a su fin.

— *Précisément,* inspector jefe. Todo ha terminado y ahora el señor Rider puede descansar en paz. Para eso vine y creo que hemos hecho justicia. No la justicia artificiosa y mezquina de Miranda Darnes sino verdadera justicia.

Cargaron los cuadros en el coche de McTavish. Se despidieron con un apretón de manos.

— ¿Sabe una cosa, señor Polrot? Hasta ahora yo pensaba que los detectives eran todos unos charlatanes de feria. Acepté su ayuda solo por respeto a Nathaniel Weaver y a sus servicios pasados en el cuerpo de policía. Nunca creí que resolviese este caso. Y aún menos con tanta, no sé cómo decirlo.

— ¿Brillantez? ¿*Génie*? ¿Cómo dicen ustedes? Ah, sí, ¿genialidad?

Polrot podía ser un genio pero en modo alguno se le podría definir como modesto.

— Digamos que resolvió usted este misterio de forma muy satisfactoria.

El vehículo policial arrancó poco después, dejando una estela de polvo que se fue disipando lentamente con las primeras luces de la mañana. Polrot cruzó la calle hacia Rider House. Al pasar junto a un seto, se detuvo. Había visto algo de reojo. Carraspeó y dijo:

— Incorpórese, *madame* Christie. Esa postura no es digna de una dama.

Agatha se incorporó. Le dolían las rodillas tras todo aquel tiempo acuclillada.

— No quería que ese policía me reconociese. Todo el mundo me está buscando.

— Algo oí por la radio ayer noche, sí.

Entraron en la casa. Polrot se quitó la chaqueta y se puso su batín morado. Se sentó en el sofá del salón, junto al teléfono desde el que había hablado la última vez con Agatha. Recordó que Miranda Darnes había sospechado que se comunicaba con la famosa escritora a través de aquel aparato. Era la única cosa en la que había acertado aquella mujer que había querido ser su Hastings.

Polrot meneó la cabeza, alejando la visión de aquella mujer tan cargante. Ahora tenía que enfrentarse a otra mujer aún más cargante. Insoportable. Se secó la frente con su pañuelo de seda.

— Pensé, *madame* Christie, que aún tardaría un par de días en llegar.

— Han surgido problemas inesperados.

Agatha vestía un traje chaqueta gris, con una amplia falda y una camisa blanca. En su cabeza un sombrero redondeado de ala ancha.

Y en su cuello un pañuelo blanco con estampados rojos. Al verlo pensó en la pobre Claudia, ocultando la nuez de su cuello para que nadie viese...

"No. Céntrate. *Concentre-toi*", se dijo Polrot. Siempre le pasaba lo mismo. Cuando acababa un caso le costaba reconectar con el mundo real y todo le recordaba el crimen que terminaba de resolver. Debía pensar en su visitante. Y eso sería algo complicado. Porque aquella mujer le enervaba.

— ¿Qué problemas, *madame*?

Agatha no era una mujer hermosa: demasiado delgada, frente amplia y sonrisa cansada. Pero era una persona brillante y honesta. La mejor escritora de novelas de misterio del mundo entero.

— Es difícil de explicar.

El rostro de Polrot se transformó repentinamente. Su boca tenía un rictus furioso. Estaba tan enfadado con aquella mujer que necesitaba sacar afuera su ira, aunque fuese de forma controlada.

— *C'est dommage*. ¿Quiere oír algo que es difícil de explicar, *madame*? Yo no me explico por qué he aceptado que me visitase. Yo no sé por qué la estoy escuchando. Yo no sé porque soy tan idiota para preocuparme por lo que a usted le pase o le deje de pasar.

— Perdone, Héracles, pero...

— ¿Que la perdone? ¿Por qué habría de hacer tal cosa? ¿Ha hecho usted algo que yo deba perdonar? Ah, ya recuerdo. Ha creado un detective para sus novelas con un nombre virtualmente idéntico al mío. No podía llamarle con un nombre ruso. No sé, Peter Ustinov. Conocí a un Ustinov en la universidad. O un nombre de los países bálticos como David Suchet. O bien un nombre típicamente inglés como Albert Finney. Ese habría quedado muy bien. Y puedo darle más ejemplos de buenos nombres para un detective de ficción. ¿Qué le parece John Malkovich? ¿Austin Trevor? ¿Ian Holm? ¿Alfred Molina? ¿Kenneth Branagh? Hay miles y miles de nombres de variadas ascendencias, todos perfectos para un investigador de pacotilla de esos que a usted le gustan. Nombres, todos ellos, que no se parecen en nada al mío.

Agatha intentó abrir la boca pero desistió al darse cuenta de que su interlocutor estaba inmerso en una amarga diatriba en su contra.

— ¿Y qué más, *madame* Christie? ¿Qué otras cosas debo perdonarle? Ya recuerdo. Usted ha descrito en sus obras mi cabeza redondeada, mis andares, mi forma de vestir y hasta mi bastón. He tenido que perder peso, afeitarme mi maravilloso bigote, cambiar de color mi fedora y añadir a mi forma de vida y mis costumbres otras pequeñas modificaciones porque, de lo contrario, parecería un imitador barato de su detective. Hasta he tomado clases de esgrima y de boxeo para tener una actitud menos contemplativa en ciertos momentos de tensión. Yo, que me vanagloriaba de usar solo mis células grises, ahora intervengo en persona, asumiendo riesgos personales. ¡Hasta me ha robado mi frase sobre las células grises! Ahora ya no puedo usarla y debo procurar siempre ir con cuidado en lo que digo y lo que hago. Todo para no parecerme a ese tipo que describe en sus novelas. Un tipo que, por si no lo tiene presente, soy yo... era yo. Porque ahora no sé quién soy.

Agatha intentó calmarlo.

— Pues yo creo que está usted mucho mejor con algo menos de peso y sin bigote. Se le ve más joven y apuesto.

Los labios de Polrot temblaban de rabia.

— No quería ser más joven y apuesto. Quería ser yo, *madame*. Yo mismo. Ya ve que deseaba algo muy sencillo, en realidad. Pero me lo ha quitado.

El detective abrió una pitillera y encendió un cigarrillo. No le ofreció tabaco a su visitante. Polrot fumaba dando grandes caladas en lugar de darse su tiempo y disfrutar del momento, como era su costumbre. Agatha seguía callada, esperando que pasase el temporal. Al final, cuando se atrevió a hablar, le preguntó por lo que había sucedido en Styles Mansions. Pensó que aquello le serviría de distracción y que luego, cuando regresase al presente, su enfado se habría esfumado o, al menos, habría disminuido un poco.

— Ha sido un caso dantesco, espantoso —le explicó Polrot.

Y el detective le habló de las muertes sin sentido de la pequeña Lily y la valiente Claudia, del sacrificio estúpido de Miranda Darnes, de la enfermedad y la muerte injusta de Jacob y de aquella urbanización maldita, retorcida, que esperaba abandonar en cuanto se diese una ducha e hiciera las maletas.

— Unos niños torcidos en una urbanización retorcida — concluyó Polrot, pensando en Theo y Marcia.

— Muy interesante.

Agatha había cogido una hoja de papel de su bolso. Estaba apuntando algo.

— Niños torcidos en una urbanización torcida. No me gusta — murmuró—. Niños torcidos en una casa torcida. Mucho mejor. Buena idea, pero la desarrollaré más adelante. Aunque tal vez debería ser un niño solo. ¿Una niña? ¿La niña torcida de la casa torcida? Ah, eso es muy bueno.

— ¿También va a robarme la frase de los niños torcidos? — inquirió Polrot sin sorprenderse, solo constatando un hecho.

— ¡No! ¡No! —Agatha dejó de escribir. Suspiró—. Bueno, sí. Yo absorbo la realidad, señor Polrot. Ya lo sabe. Todo lo que pasa a mi alrededor es susceptible de formar parte de mis novelas. Todas las personas que conozco, incluso los paisajes, los...

— He comprendido, *madame*. No hace falta que prosiga.

Agatha guardó la hoja de papel en su bolso para no soliviantar aún más al detective.

— Ojalá pudiera usted comprender que todo lo hago con la mejor voluntad, señor Polrot. Al escribir mis novelas solo pretendía...

— No quiero darle más vueltas a ese asunto, *madame* —la interrumpió Héracles—. Sólo dígame qué la trae hasta aquí. Porqué en lugar de venir sencillamente como haría cualquier persona normal ha tenido que desaparecer de su casa, dejar un coche en la cuneta y presentarse aquí de incógnito.

Agatha Christie se puso en pie. Con sumo cuidado comenzó a desenroscar el pañuelo de su cuello. Fue entonces cuando Polrot se dio cuenta que la prenda era completamente blanca. Los estampados rojos eran...

— Alguien ha tratado de matarme —dijo Agatha, mostrando una cicatriz ensangrentada en su cuello, aún visible la marca de la bala que había rozado su garganta y casi acaba con su vida.

— *Oh, mon Dieu.*

— Te pido por favor, Hércules, que me ayudes. Te necesito, amigo mío. Solo tú puedes hacerlo.

Agatha, tras horas de huida y de tensión, su vida en peligro, estaba al límite de su resistencia. Se había equivocado y le había llamado Hércules, como el Poirot de sus novelas. Y había vuelto a tutearle.

— Voy a ayudarla, *madame.* Pero le voy a pedir una... dos cosas.

— Lo que sea.

— No me tutee, no soy su amigo. Nos conocimos brevemente en una reunión social hace años y todo lo que sé de usted es que me hallo ante una ladrona que me ha robado mi vida.

Agatha bajó la cabeza.

— De acuerdo.

El detective dio otro paso y se acercó un poco más a su invitada. La miró a los ojos.

— Y, sobre todo, por favor... nunca más, ¡nunca!, vuelva a llamarme con ese ridículo nombre de Hércules. Yo no soy Hércules Poirot. No lo olvide jamás.

El detective dio otro paso al frente. Se estiró, orgulloso, desafiante:

— Yo me llamo Héracles Amadeus Polrot.

FIN

El próximo caso de esta saga se llama

"YO NO SOY AGATHA CHRISTIE"

(Los casos de Héracles y Agatha N.º 2)

Ya a la venta

¿Cómo se conocieron Polrot y Agatha?

¿Quién ha intentado matar a la famosa escritora?

¿Volverá a intentarlo?

Estos y otros enigmas en la próxima novela de la saga.

NOTA FINAL

(No leas estas breves notas hasta acabar la novela

pues se revela al culpable)

1- Agatha Christie

Los autores queremos expresar nuestra admiración hacia Agatha y sus novelas. Esta obra está escrita desde el amor incondicional a sus escritos y su legado.

Cierto es que en nuestra obra no seguimos todas las normas del Detection Club al que ella pertenecía y que tratamos algunos temas actuales, como la sexualidad transgénero. Pero creo que, aunque modernizando algunos aspectos, hemos conseguido hacer una novela que enlazase y homenajease la forma de hacer literatura policial de aquellos años.

En la investigación que Michael Clapp ha realizado sobre la génesis del personaje de Poirot se explica que la escritora, siendo joven, conoció en una fiesta a un grupo de refugiados belgas. Y que la base del personaje pudo ser un gendarme retirado llamado Jacques Joseph Hamoir. No nos gustaba ese nombre y pensamos que Héracles Amadeus Polrot era mucho más potente, sonoro y encajaba en el tipo de personaje que queríamos crear, alguien que no solo no era Hércules Poirot en absoluto sino que le habían obligado a evolucionar y ser otra cosa.

En su autobiografía, Agatha afirma haber pensado de forma general en los refugiados belgas que conoció de joven, sin especificar quién fue la base para la creación de su personaje. Como curiosidad, hay que añadir que Jacques Joseph Hamoir se trasladó a vivir a la misma localidad donde residía Agatha (Torquay) y a no mucha distancia.

FOTOGRAFÍA de Jacques Joseph Hamoir

(el presunto Hércules Poirot)

2- La verosimilitud

Muchas veces este tipo de novelas son criticadas por su poca verosimilitud o por lo increíble de sus tramas. Pues bien, todos los personajes de esta novela son reales... hasta cierto punto. Hace unos años estuvimos viviendo en una urbanización. Al igual que a los Rider en la novela que acabas de leer, nuestros vecinos resultaron ser todos criminales. No es broma. A nuestra izquierda un traficante de cocaína que había estado más de diez años en prisión. A nuestra derecha un criminal de poca monta, hurtos, vandalismo, estancias en prisión cortas y diversas. La casa que teníamos detrás nuestro estuvo mucho tiempo sin habitar. Una pareja la compró, la restauró y, al poco tiempo, salieron en los periódicos. Estaban buscados internacionalmente por la policía.

Se nos ocurrió que todos los personajes de la novela podíamos basarlos en nuestros vecinos del pasado. Así lo hicimos, con incontables licencias, por supuesto. Aunque no tantas, si hemos de ser sinceros.

3- Las novelas policiales de Cosnava & Tagle se basan siempre en un crimen real.

Los asesinos de esta novela están inspirados en las niñas asesinas Mary y Norma Bell, que hemos citado ya en la novela. De hecho, Theo y Marcia se llamaban de inicio Mary y Norma. Lily, por el contrario, era un niño llamado Theo. Pero las cosas evolucionaron y algunos nombres cambiaron de bando. Porque las novelas son entidades vivas, como todos los escritores y muchos lectores saben.

4- Los casos de Héracles y Agatha prosiguen.

Esperamos que os haya fascinado esta novela como a nosotros nos fascinó escribirla. Y que volvamos a vernos en próximas aventuras de Héracles Amadeus Polrot y Agatha Christie: un dúo de investigadores que esperamos que den mucho que hablar.

JAVIER COSNAVA & TERESA ORTIZ-TAGLE

(Asturias, junio de 2021)

Printed in Great Britain
by Amazon